Bloomsday Therapie   *Leopold es Vedra*

1

Bloomsday Therapie   *Leopold es Vedra*

FSC
www.fsc.org
MIX
Papier aus ver-
antwortungsvollen
Quellen
Paper from
responsible sources
FSC® C105338

Bloomsday Therapie　　　　　　*Leopold es Vedra*

© 2020 Leopold es Vedra
Herstellung und Verlag
BoD – Books on Demand, Norderstedt

ISBN: 9783751998901

Sexualisation in den Fünfziger Jahren

Wenn man in den Fünfziger Jahren geboren ist, in der Zeit des wirtschaftlichen Aufschwungs und des radioaktiven Fallout, in der Zeit in der den Erwachsenen immer noch Begriffe wie VERGASEN und ARBEITSLAGER mit erschreckender Leichtigkeit über die Lippen kamen, lebte man mit einer unausgesprochenen Bedrohung, die nicht zu fassen und nicht zu erklären war, aber alle Menschen dieser Zeit im Deutschland nach dem verlorenen Krieg gleichermaßen betraf – wobei sich die meisten dieser Bedrohung in keiner Weise bewusst waren.

Neben dieser Bedrohung, die alle betraf, gab es, wie wahrscheinlich seit Jahrtausenden unverändert, die Bedrohung, mit der Kinder zu leben hatten, weil die Erwachsenenwelt sie ihre Macht spüren ließ, die in körperlicher Überlegenheit und einem unbegreiflichen Wissensvorsprung begründet war – es waren die letzten Jahre vor 1968.

Und dann war da noch meine eigene persönliche Bedrohung, die nur mich betraf, diese Bedrohung, deren wechselnde Szenarien immer wieder von meinen Eltern und anderen Erwachsenen beschworen wurden; der Schwarze Mann, die Hand, die aus dem Wasser kam, der Nikolaus und sein Knecht Ruprecht mit der Rute und die ganz persönlichen Bedrohungsszenarien, die mit dem Tod meiner Mutter zu tun hatten, weil sie mich nicht wollte und den daraus folgenden Handlungen meines Vaters, der mich auch nie gewollt hatte.

Meine Mutter konnte sich nie damit abfinden, mich mit vierzig Jahren bekommen zu haben, zu einem Zeitpunkt, als meine Eltern sich bereits kurz zuvor damit abgefunden hatten, das Haus, in dem wir wohnten, durch die Geschwister meines Vaters unter dem Hintern weg verkauft bekommen zu haben.
Na ja...
Und irgendwann weiß man, dass es da Männer und Frauen gibt.
Mit dieser Bedrohung oder diesen Bedrohungen beschäftigt dauerte es lange, bis man sich auf den Unterschied konzentrieren konnte, diesen Unterschied, der sich darin manifestierte, dass es da Menschen gab, die lieber mit Puppen spielten, als mit Autos.
Und irgendwann realisiert man, dass auch Mädchen Frauen werden und dass man selbst irgendwann ein Mann sein wird.
Interessant.
Nur was sollte das alles für einen Sinn haben?
Warum gab es diese beiden höchst unterschiedlichen Arten von Menschen?
Was sollte es für einen Vorteil haben, Frau zu sein?
Alle Fragen wurden wie üblich beantwortet.
Du bist zu jung!
Du wirst es schon erfahren!
Das musst du nicht wissen!
Warum willst du das wissen?
Besonders die Gegenfragen waren geeignet, einem das Gefühl zu vermitteln, sich auf vermintes Terrain begeben zu haben.
Vermintes Terrain bedeutete immer, es mit unberechenbaren Erwachsenen zu tun zu haben, die, wenn sie auf Fragen keine Antworten wussten, zu Gewaltausbrüchen neigten.

Wen wundert es da, bezüglich dieser Neugier, dann nur noch Leute zu fragen, die vielleicht etwas mehr wussten, oder aufgrund ihrer zu erwartenden Anatomie zum anderen Geschlecht gehörten und daher zwangsläufig über andere Informationen verfügen mussten.

Also gab es zum Informationsaustausch nur meine Cousine Irene, die in meinem Alter war. Fataler Weise waren alle anderen Vettern und Cousinen so viel älter als wir, dass sie ebenso erwachsen wie unsere Eltern als Informanten nicht mehr in Frage kamen.

Wenn ich jemals erwachsen sein sollte, würde ich sicher nicht zu diesen Leuten gehören, die gegenüber Jüngeren etwas verheimlichten.

Meine Cousine Christa, auch sie gehörte zu den Erwachsenen, arbeitete in einem Geschäft für Tafeln, Griffel, Schulhefte, Füller, wie wir damals Füllfederhalter nannten und andere Schreibwaren.

Dieses Geschäft wurde von einem Herrn Schulte betrieben und dieser Herr Schulte war für einen erwachsenen Mann erstaunlich klein. Ich stellte mir vor, wie klein, nämlich kleiner als er, seine Frau, also Frau Schulte sein musste, denn Frauen waren aus irgend welchen Gründen kleiner als Männer.

Zur Zeit meiner Kindheit waren Frauen immer kleiner, als Männer; oder besser ausgedrückt, Männer waren immer größer als die dazu gehörenden Frauen.

An diesem Punkt der Überlegung ist zu erkennen, dass ich realisiert hatte, Männer und Frauen lebten zusammen, wie meine Eltern, alle Tanten und Onkel und die Eltern der Kinder, die ich bis dahin getroffen hatte. Daher war es für mich undenkbar, dass das bei Herrn Schulte anders sein sollte.

Und Herr Schulte, der ein sehr netter Mensch war, das bestätigte sogar meine Cousine Christa, die immerhin bei ihm arbeitete, hatte da etwas am Rücken. Wenn er sich drehte, sah es so aus, als habe er einen Rucksack unter der Anzugjacke.

Hatte ich erwähnt, dass Männer Anzüge trugen und Frauen Kleider?

Dieser Umstand war, neben der Länge der Haare, beziehungsweise der Frisur und der Höhe der Stimme, ein wichtiges Merkmal, um Frauen von Männern zu unterscheiden.

Ja und Dank Herrn Schulte, man hatte mir erzählt, er habe einen Buckel auf dem Rücken, über den man aber nicht rede, das heißt, man sollte immer so tun, als habe er diesen Buckel nicht, oder man würde ihn nicht sehen, wusste ich dann, dass Frauen einen Buckel vorne hatten.

Und man sollte so tun, als hätten sie diesen Buckel nicht und ich würde ihn nicht sehen, diesen Buckel.

Jahrelang gab ich mich mit dieser Überlegung zufrieden.

Als ich eines Tages mit Irene zum Klo ging, heute wundert es mich, dass uns da niemand dran gehindert hat, tauschten wir uns, wie so oft, bezüglich des Vorteils unterschiedlicher Anatomie aus.

Also fragte ich Irene, ob sie mittlerweile herausbekommen habe, was da für ein Buckel bei unseren Müttern vorne unter dem Pullover wäre.

Sie sagte, das wäre wohl total geheim und ich dürfte da mit keinem drüber reden, aber sie habe mit bekommen, dass es eigentlich zwei Buckel wären und dass der Pullover dazwischen gespannt werde, so dass man meinen könne, es wäre nur einer. Ich sollte doch 'mal im Quelle Katalog nachsehen, weiter vorne, nicht beim Spielzeug. Sie habe sich da auch informiert.

Raffiniert!

Es war nicht das erste Mal, dass ich mit Verwunderung feststellen musste, dass Irene einen Wissensvorsprung hatte.

Einen Quelle Katalog hatten wir auch.

Es war völlig unverfänglich, wenn ich mir die Seiten mit den Spielsachen ansah, denn immer wenn Weihnachten oder mein Geburtstag nahten, wurde ich anhand des Kataloges befragt, was ich denn haben wolle.

Unauffällig blätterte ich weiter nach vorne.

Unauffällig und vorsichtig.

Mir war klar, dass es eine Menge Ärger geben würde, wenn meine Mutter mein Interesse bemerkte, denn es war ja genau so ein Tabu, wie der Buckel des Herrn Schulte.

Wahrscheinlich hätte man mich dann in ein Heim gegeben oder den Zigeunern geschenkt.

Immer wenn Zigeuner in der Stadt waren, hatte ich Angst denen mitgegeben zu werden, in die Ungewissheit...

Ja, die Angst war eigentlich nur die Angst vor dem Unbekannten. Sie war diffus und unterschied sich daher wahrscheinlich nicht sehr von der Angst, die ich sowieso hatte, diese Angst, die eine ständig im Hintergrund lauernde Bedrohung war, gegen die man nichts tun konnte, als irrationalen ständig wechselnden Maßstäben gerecht zu werden, wie sie die Erwachsenen immer wieder neu definierten.

Im Katalog gab es tatsächlich zwei Buckel.

Die Frauen trugen natürlich Unterwäsche.

Erwachsene waren nie nackt, vielleicht diesen kurzen Moment wenn sie Unterwäsche gegen Badebekleidung tauschten, aber sonst waren sie immer und zu jeder Zeit angezogen.

Ich blätterte zur Badebekleidung.

Tatsächlich gab es da auch Badeanzüge, bei denen man erkennen konnte, dass es da zwei Buckel geben musste.

Interessant!

Hatten manche Frauen einen Buckel und andere zwei?

Bei den Kamelen gab es ja auch Dromedare mit nur einem und Trampeltiere mit zwei Höckern.

Irgendwann im Freibad entdeckte ich, dass es da tatsächlich Frauen gab, bei denen man, wenn man heimlich genau hinsah, zwei Buckel identifizieren konnte.

Von Irene, die ja fast täglich in diesem Freibad war, einen Badeanzug trug, obwohl sie sich oben herum in keiner Weise von mir unterschied, der ich eine Badehose trug, erfuhr ich, dass es erstrebenswert war, so viel Haut wie möglich in der Sonne braun werden zu lassen.

Mein Vorschlag, doch ebenso wie ich, eine Badehose zu tragen kam bei ihr nicht gut an.

Ihre Mutter bestehe darauf, dass sie einen Badeanzug anziehe, sie habe auch schon den Vorschlag gemacht, denn oben herum gäbe es ja wohl wirklich keinen Unterschied.

Wir überlegten dann natürlich noch, was denn unten rum so dringend bedeckt werden müsse.

Mein Zipfel konnte es ja wohl nicht sein, denn dann hätte Irene ja zumindest unten ohne gehen können.

Also konnte es nur der Hintern sein, aber der sah bei allen Menschen gleich aus, so hatte ich gehört und immer dann, wenn ein Lehrer jemandem den nackten Hintern verprügelte war es auch so gewesen, also schied der Hintern doch wohl aus.

Außerdem hätte da ja wohl keiner drauf herum geprügelt, wenn er so eine Tabuzone wäre.

Blieb der Zipfel.
Irene hatte keinen.
Aber das war mir ja bekannt.
Vielleicht war es anderen nicht bekannt, vielleicht gehörte ich zu den wenigen Eingeweihten, die wussten, dass es Menschen mit Zipfel gab und welche ohne.
Irene meinte, dass sie sich das nicht vorstellen könne, weil ja die meisten Leute Brüder und Schwestern hätten und so erfahren könnten, dass Schwestern keinen Zipfel hatten.

Das klang logisch.
Aber warum hatten dann Frauen nicht einfach nur oben 'rum Badekleidung an, wenn es doch so erstrebenswert war, fast überall braun zu werden und die Hose nur wegen des Zipfels nötig war?
Komisch!

Wen sollte man da fragen?
Ich stellte mir vor, wie es wäre, wenn alle Männer mit Hosen im Freibad wären und alle Frauen mit irgendwas oben herum, um die Buckel zu bedecken.
Immerhin war das logisch.
Bei uns war oben rum nichts, also brauchte man nur eine Badehose, weil unten herum der Zipfel war und bei Frauen war unten rum nichts und nur oben rum die Buckel.
Aber warum hatte das noch Niemand bemerkt?

Leopold es Vedra

Mit Gewalt riss ich mich aus dieser Stimmung, aus diesem Gefühl, aus diesem Zustand der Agonie.
Ich lag.

So konnte ich nicht weiter verharren!

Ich hatte einen Termin einzuhalten, zu dem ich mit klaren Gedanken erscheinen musste.
Klare Gedanken.
Meinen ersten Traum der letzten Nacht hatte ich schon einige Male zuvor geträumt, immer mit geringfügigen Änderungen aber immer mit dem selben Outfit meinerseits. Ich hatte keine Hose an und befand mich irgendwo außerhalb meiner gewohnten Umgebung.
Mal saß ich so in einer Eisdiele, mal war ich so zu Besuch bei Bekannten und mal fuhr ich so mit meinem Wagen und es fiel mir erst auf, als ich aussteigen wollte.
Scheinbar war ich der Einzige, dem dieser Umstand auffiel und genau so einen Traum hatte ich nun seit einigen Monaten in jeder Nacht.

Schon in meiner Kindheit hatte es immer wieder solche Träume gegeben, ja sogar vor meiner Pubertät, denn die Gewissheit, dass spätestens eine beginnende Erektion andere aufmerksam machen würde, kam erst allmählich danach dazu.

Klare Gedanken.

Klare Gedanken hatte ich über Jahrzehnte gehabt, sie hatten mich förmlich ausgezeichnet, doch nun, traumatisiert wie ich war, musste ich mich erst einmal sammeln.

Und an diesem Tag war eigentlich einer meiner wichtigsten persönlichen Feiertage, der 16.06., Bloomsday. Ich musste noch etwas tun, um diesem Tage gerecht zu werden, obwohl ich leider nicht in Dublin war.

Und dann, in einem zweiten Traum, genauer, in meinem letzten Traum in der letzten Nacht, an den ich mich erinnern konnte, habe ich zu meiner Verwunderung meine alte Freundin Yvonne getroffen, die ich, im Wachzustand nun wissend, seit etwa zwanzig Jahren nicht mehr gesehen hatte.

Ich war in ein Haus getreten und ihr direkt in die Arme gelaufen.

Sie begrüßte mich, als würden wir uns täglich sehen, als hätte es in den letzten zwanzig Jahren tägliche Begegnungen gegeben oder als wäre überhaupt keine Zeit vergangen.

Sie redete pausenlos, aber ich verstand die Worte nicht. Sie löste meinen Gürtel, knöpfte meine Hose auf und innerhalb von Minuten stand ich unten ohne vor ihr.

Sie nahm meinen Schwanz und brachte ihn so *nebenbei in Stellung*, als würde sie das jeden Tag so machen.

Klar hatten wir eine Beziehung gehabt und klar hatten wir seinerzeit regelmäßig gebumst, aber hatte sie sich je manuell an meinem Schwanz zu schaffen gemacht?

16

Nachdem sie meine Vorhaut zurück geschoben hatte, umfasste sie die blanke Eichel und rieb sie vorsichtig mit einem Daumen.

Während sie das, nun kommentarlos, tat, griff sie hinter sich und brachte eine röhrenartige Konstruktion zum Vorschein, die außen herum über Noppen verfügte.

Ohne den Vorgang richtig wahrgenommen zu haben, drapierte sie diese Röhre über meinen stehenden Schwanz und befestigte noch zwei Kabel daran.

Sofort baute sich dieses Gefühl sexueller Stimulation auf und nahm immer stärker zu. Ich lehnte mich unweigerlich an einen Schrank, denn ich stand immer noch.

Die Szene wechselte.

Yvonne hatte das Gerät in der Hand, das sie zuvor an meinem Schwanz befestigt hatte und reichte es einem Typen.

„Der kann es dir auch gut dran machen!"

Und ich war wach gewesen.

Ein Blick auf die Uhr an der Wand, die mein Großvater vor über hundert Jahren gekauft hatte.

Ich musste los.

Auch wenn ich nicht von der Wirksamkeit dieser Termine überzeugt war, Frau Northeim war zumindest jemand, die mir immer strukturiert zuhörte, mich störte noch nicht einmal, dass sie es für Geld tat.

Es kostete mich einige Mühe auf zu stehen, denn ich hatte auf dem Bett gelegen, einfach so, angezogen und eigentlich für den Tag gerüstet...

Als ich erst einmal auf meinen Füßen stand, ging es.

17

Ich fuhr mit meinem Subaru, dessen Boxermotor wenn man ihn hoch drehte, wie ein VW-Bus aus den Siebzigern klang, die paar Kilometer zum Haus der Frau Northeim.

Auf der Straße vor einer niedrigen Bruchsteinmauer waren erstmals alle Parklücken besetzt und so fuhr ich den Subaru rückwärts durch das schmiedeeiserne doppelflügelige Tor, unter die hohen Kastanienbäume, deren Geäst weit herunter ragte und die Dachreling des Subaru berührte. Ich ging etwa fünf Meter über den Kiesweg zum Nebeneingang des Hauses, in dem Frau Northeim ihre Praxis betrieb.
Ihre Räumlichkeiten betrat man durch einen Seiteneingang.
Ein Schild kündete von der Praxis für Psychiatrie und Psychotherapie und von der Betreiberin dieser Praxis, Dr. Ulrike Northeim.
Zumindest war das bei meinem ersten Besuch so gewesen – das Schild fehlte schon lange, aber ich wusste ja wo ich hin wollte.
Bei einer unserer letzten Sitzungen hatte Frau Northeim die Absicht geäußert, aufgrund meiner Träume, die weit in die Kindheit zurück reichten, eine Art Konfrontationstherapie mit mir zu machen. Dazu sollte ich ihre Praxis ohne Hose betreten, aber ansonsten alles machen, wie bisher. Sie meinte, wenn ich sie ohne Hose aufsuchen würde, könnte sie vielleicht besser an meinen verborgenen Erinnerungen kratzen.

Man klingelte...
Frau Northeim, so hatte ich vor meinem ersten Termin von einem Freund erfahren, der sie ebenfalls besucht hatte, legte größten Wert auf Pünktlichkeit.

Er erzählte mir, einmal zwei Minuten zu früh den Knopf der Klingel gedrückt zu haben, woraufhin Frau Northeim ihn auf den Umstand hinwies, zwischen den Terminen Pausen zu brauchen.

Ungewöhnlicher Weise war nun die Tür zu ihren Praxisräumen erstmals geöffnet; obwohl ich diese Bezeichnung nicht zutreffend fand, handelte es sich ohne Zweifel um Praxisräume, das hatte ich so noch nie erlebt. Meine Hand verharrte vor dem Knopf der Klingel.

Tür geöffnet, Klingel nicht nötig!

Mit dem Ellbogen schob ich die Tür weiter auf und gelangte in den kurzen Flur vor dem Wartezimmer. Die Tür des Wartezimmers stand wie immer so weit offen, dass man sie eben so gut aushängen konnte.

Irgendwo in meinem Bewusstsein war ich erleichtert, meine Hose am Körper gelassen zu haben. Auch, wenn ich kurz nachgedacht hatte, Frau Northeims Idee direkt in die Tat um zu setzen.

Eine lebensgroße nackte männliche Gipsskulptur stand seit einigen Wochen mitten im Raum und wie immer konnte ich die Figur, die an einen griechischen Gott erinnerte, nur von hinten sehen. Dieses Wartezimmer wurde naturgemäß nicht gebraucht; Frau Northeim betrieb diese Praxis alleine, musste somit auch selber die Tür öffnen. Ich hatte seit Monaten geplant, mir diesen nackten Griechen 'mal von vorne an zu sehen.

Auch die Tür zum Sprechzimmer stand einen Spalt weit offen.

Diese Tür öffnete sich immer dann, wenn Frau Northeim bereit für unser Gespräch war.

Spätestens als ich die zweite Tür in einem ungewöhnlichen Zustand vorfand, war mir *der Grieche* egal.

Dann sah ich Frau Northeim durch den Türspalt vor einem Bücherregal stehen, scheinbar in Freizeitkleidung, denn normalerweise kleidete sie sich für ihre Praxis, als würde sie in der Führungsetage eines Großkonzerns oder in einer führenden Anwaltskanzlei arbeiten. Nun hatte sie, an Stelle ihres Buiseness-Kostüms eine enge Jeans an, die ihre Form von hinten betrachtet gut betonte; so hatte ich sie noch nie gesehen und war angenehm überrascht. Warum hatte sie nicht immer solche Klamotten an? Außerdem hatte sie nicht mehr die Frisur von Seven of Nine, sondern trug ihre langen Haare offen und keine Brille.

„Frau Northeim!"
Sie drehte sich um, und ich war mir sicher, dass sie bereits zuvor meine Schritte gehört haben musste.

„Sie sind gar nicht..."
„Nein, ich bin ihre Schwester!"
Sie kam mir lächelnd entgegen und schwang die Tür ganz auf.
„Meine Schwester ist nicht da, aber kommen sie doch herein, setzten sie sich!"

„Ich habe einen Termin..."
„Ich weiß! Ich habe es in Ulrikes Terminkalender gesehen. Ich hätte sie angerufen aber dann habe ich eine Idee gehabt, als ich zugegebener Weise unberechtigter Weise in Ihrer Akte geblättert habe!"

20

„Ach!"
Sie hatte das mit so einer Beiläufigkeit gesagt, als...

Na gut, ich beschloss, es ihr nicht übel nehmen zu wollen, irgendwie genoss sie von der ersten Sekunde unserer Begegnung an Narrenfreiheit bei mir. Wenn ich die Praxis ohne Hose betreten hätte, wäre sie vermutlich sehr irritiert gewesen, so aber konnten wir von der ersten Sekunde an miteinander umgehen, wie wir es taten.

Sie sah ihrer Schwester auffällig ähnlich, auch wenn ihr Kleidungsstil mir besser gefiel, die Brille fehlte und auch ihre Frisur hob sie positiv von ihrer Schwester ab, aber vielleicht waren die Klamotten Ulrikes ihrem Job als Psychotherapeutin geschuldet, denn sie ging vielleicht davon aus, dass ihre Kundschaft bestimmte Erwartungen bezüglich ihrer Kleidung hatte.

Diese etwas andere Ausgabe, ihre Schwester, hatte also in meiner Akte geblättert, dieser Akte, die über Fortschritte meiner Traumatherapie informieren sollte, zugegebener Weise unberechtigter Weise, wie sie selbst gesagt hatte.

„Und? Ist es interessant, was da drin steht?!"
Sie sah mich etwas verständnislos an, als erkenne sie nicht die von mir hergestellten Zusammenhänge.
„Nein! Ja! Ich bin da in einer komischen Situation! Meine Schwester ist nicht da, ich will nicht sagen, sie ist verschwunden, aber sie ist nach dem Wochenende nicht zurück gekehrt..."

„Heute ist Donnerstag!"

„Ja, sie hatte vor Ihnen heute morgen nur einen einzigen Termin, sich mit anderen Worten bis Mittwoch einschließlich frei gemacht. Und das ist es, warum ich sie nicht angerufen habe. In ihrer Akte..."

Sie zögerte auffällig.

„Es stehen da nicht nur Fakten drin, ich habe auch mit meiner Schwester über einzelne Fälle geredet, natürlich anonymisiert, dann aber in den Unterlagen gefunden, dass sie der Typ sein müssen, der im Blaulichtmilieu gearbeitet hat!"

Ich musste lachen.

„Stimmt, ich stamme aus dem Blaulichtmilieu, um genauer zu sein, ich habe einige Jahre da verbracht und habe da den letzten Kick bekommen, ihre Schwester aufsuchen zu müssen, ich heiße Leopold."

„Ich weiß!"

„So war das nicht gemeint!"

Sie lächelte.

„Sarah!"

„Und das am Bloomsday!"

Sie sah mich verständnislos an, ging aber nicht auf den *Day* ein.

„Wann hast du deine Schwester denn zuletzt kontaktiert?"

„Das war letzte Woche Freitag. Sie wollte das Wochenende mit..."

Sie zögerte. Ich wollte mir das, was jetzt kommen würde und es musste kommen, sonst hätte sie mich nicht kommen lassen dürfen, keinesfalls entgehen lassen, also sagte ich nichts.

„Sie wollte mit einem Patienten...“

Sie stoppte, als ich grinste. Ich hatte keine Möglichkeit gehabt, dieses Grinsen zu stoppen.

„Nach Ibiza fahren!“

„O, für so unprofessionell hätte ich sie nicht gehalten, sonst wäre ich sicher nicht zu ihr gegangen!“

„Du hältst sie also für professionell, du, der du jahrelang mit solchen Angelegenheiten zu tun hattest?“

„Und du als Schwester! Hast du sie auch für...“

„Klar, aber die Sache mit diesem Typen... Ich weiß es nicht, was sie da bewegt hat! Wann hast du sie zuletzt gesehen, wann warst du zuletzt hier?“

„Steht das nicht in meiner Akte?“

Sie schüttelte entschieden den Kopf.

„Deine Schwester habe ich letzte Woche Donnerstag aufgesucht, war aber gestern noch mal hier für einen völlig anderen Termin ohne sie.“

Mehr sagte ich nicht. Wusste sie, dass ihre Schwester auch unter vermietete?

„Was weißt du über den Typen?“

„Nichts, ich weiß nur, dass es ihn zu geben scheint!“

„Aber du hast doch sicher...“ wieder grinste ich, diesmal nicht süffisant, sondern provokativ, „in seiner Akte nachgesehen, wie, zugegebener Weise unberechtigter Weise, in meiner!“

„Das ist es ja gerade! Es gibt keine Akte, keine Aufzeichnungen, nichts und da kam mir der Gedanke, als ich sah, dass du heute kommen würdest, aufgrund der Akte über dich und dessen, was Ulrike erzählt hatte..."

Ihre geöffneten Handflächen zeigten nach oben.

„Ich verstehe! Gibt es Gründe, warum du keine offiziellen Profis einschalten willst?"

„Das liegt ja wohl auf der Hand! Sie ist mit einem Patienten über das Wochenende verreist, wie du schon sagtest, sehr unprofessionell und es gibt keine Aufzeichnungen!"

Ich nickte, während sie aufstand und zu dem Kaffeeautomaten auf einem Side-Board ging. Sie stellte eine Tasse unter die Ausgabe und schaltete das Gerät ein.

„Und du vertraust mir, dir bei deiner Suche zu helfen?"

„Ja, die Akte und das was Ulrike mir erzählt hat..."

Sie drehte sich um.

„Ich brauche deine Hilfe, Leopold! Ich weiß nicht, wer sonst noch in Frage käme, ich kenne keine Leute, die sich da auskennen und, na sagen wir, von meiner Schwester für in Ordnung gehalten werden!"

„Aber du brauchst doch nur..."

„Hab ich schon. Sie ist nicht nach Ibiza geflogen. Und weil ich mit meinem Latein am Ende bin, dachte ich, dass du der richtige Ermittler sein musst!"

Mein Gehirn hatte sich der Angelegenheit schon angenommen, ohne dass ich ihr meine Unterstützung zugesagt hatte.

„Und was hat deine Schwester Ulrike Northeim über diesen anscheinend sehr interessanten Menschen erzählt, der ihr Patient ist? Es sieht ja wohl so aus, dass wir im Moment auf dein Gedächtnis angewiesen sind."

24

Sie sah mich an.

„Kaffee?!"

„Ja!"

Sie tastete an dem Automaten herum.

„Meine Schwester hat mir erzählt..."

„Stopp!"

Sie sah mich erstaunt an.

„Wenn du mir über den Kerl berichtest, solltest du vielleicht damit beginnen, was du über mich weißt, aus ihren Worten!"

„Nicht viel! Du hast Jahre lang über deine Verhältnisse gearbeitet, ohne Rücksicht auf deine Kräfte. Du hast alles Menschen Mögliche getan, weil du der Meinung warst, es würde sonst nichts zum Überleben der dir Anvertrauten geschehen. Und als es nicht mehr ging, kam das *Burn Out Syndrom*. Bis dahin warst du wohl ein unbelehrbarer Überzeugungstäter!"

Sie machte eine Pause und sah nach oben.

„Das Interessanteste meinte Ulrike wären deine Träume und sie meinte, dass das sicher der Schlüssel sein würde, dir zu helfen, als wir darüber redeten."

Sie sah mich wieder an.

Hatte Frau Northeim ihr so ausführlich von meinen Träumen berichtet, wie ich ihr? Konnte ich es ertragen, wenn sie mein Vertrauen derart missbraucht hatte?

Sie redete weiter, ohne auf Einzelheiten ein zu gehen.

„Bei dem anderen Typen ist es so, dass er wegen einer völlig unbegründeten Angst zu ihr kam. Er hatte Angst vor einer Zahl, aber eben keine unbegründete Triskaidekaphobia. Wenn er sie sah, auf einer Buchseite, dem Zifferblatt der Digitaluhr, dem Tacho seines Wagens oder wenn jemand so alt war. Auch beim Datum konnte es Konflikte geben."

„Eine ungewöhnliche Phobie!"
„Ulrike sagte das wäre einfach, man brauche nur die Ängste oder angstauslösenden Parameter in positive Muster um zu wandeln."
„Und ist es ihr gelungen?"
„Er ist seit über zwei Jahren regelmäßig zu ihr gekommen, also scheint es ihr nicht so einfach gelungen zu sein, wie sie sich das vorgestellt hatte."
Sarah kam und stellte mir den Kaffee und ein Glas Honig hin.
Ich stand auf.
„Weißt du, wenn man monatelang jede Woche einmal immer auf dieser Seite des Tisches sitzt, ist es nun aufgrund der Ereignisse und deines Ansinnens sinnvoll, wenn ich mir den Raum einmal aus einer anderen Perspektive, nämlich der deiner Schwester, ansehe."

Ich setzte mich.
Sarah nahm auf der anderen Seite des Tisches Platz, den ihre Schwester als Schreibtisch benutzte, und schob mir das kleine Tablett mit Kaffee und Honig einfach herüber.

„Und wie gedachte deine Schwester meine Träume als Hebel zu benutzen? So ungefähr muss man das ja wohl verstehen, was du eben sagtest."

Meine Absicht war, Sarah im Rahmen einer völlig lockeren Konversation so viele Informationen wie möglich zu entlocken, denn ich wollte unbedingt wissen, was die Schwestern wirklich so alles miteinander besprochen hatten.

Ein Briefbeschwerer hatte die ganze Zeit, die ich in diesen Raum gekommen war, einen Knopf verborgen, der in die Schreibtischplatte eingelassen war. Ein kleiner unauffälliger Knopf, den man von der anderen Seite des Tisches aus nicht sehen konnte.

Ich schob den Briefbeschwerer zur Seite.

„Kennst du den Knopf?"

Sie sah mich erstaunt an.

„Was ist das?"

„Ich vermute ein Schalter, um etwas ein- und aus zu schalten. Spricht etwas dagegen, wenn ich die Schublade öffne und nachsehe?"

„Ich bitte darum, sonst hätte ich dich nicht um Hilfe bitten sollen!"

Sarah stand auf und kam zu mir auf meine Seite des Schreibtisches.

Vorsichtig zog ich die mittlere Schublade auf.

„Was haben wir denn da?"

Ein MP3 Aufzeichnungsgerät von dem aus einige Kabel, genauer vier, abgingen.

Eines der Kabel, es war lang genug, um auch die Schublade weit genug zu öffnen, schien den MP3 Rekorder mit dem unauffällig platzierten Schalter zu verbinden. Eines schien die Stromzufuhr sicher zu stellen, es schien in einem Netzteil unter dem Schreibtisch zu verschwinden und die beiden anderen führten offensichtlich zu Mikrophonen, um die hier statt findenden Gespräche aufzuzeichnen.

Ein angenehmer Geruch, der von Sarah ausging, ließ mich kurz inne halten. Was war das für ein Duft, kannte ich ihn?

„Heureka!"

„Ich weiß, dass sie das Aufzeichnungsgerät benutzt, wenn auch nicht immer, ich habe es nur nicht mit dem Knopf in Verbindung gebracht."

„Und du bist sicher, dass ich dir helfen kann?! Wann teilst du mir denn endlich alles mit, was du weißt? Wo sind die Tondateien?"

„Keine Ahnung!"

Wenn ich gedacht hatte, dass diese Entdeckung sie von unserem kurzen Gespräch über meine Träume abgelenkt hatte, täuschte ich mich.

„Ulrike hatte eine Idee, wie sie mit deinen Träumen umgehen könnte..."

„Hat sie einen Computer?"

„Ja, aber normalerweise benutzt sie nur ihr Laptop!"

Ich nahm den MP3-Rekorder aus der Schublade. An der Seite steckte eine SD-Karte, die ich heraus zog.

„Zeig mir doch 'mal den Computer!"

„Gut, er steht in ihrem Büro!"

Sie ging in Richtung einer der anderen Türen, die ich bisher immer verschlossen erlebt hatte und ich folgte ihr, die Karte in der Hand.

„Sie meinte, dass eine Art Konfrontationssituation etwas bewirkten könnte und wollte das 'mal mit dir machen!"

Womit sie wieder meine Träume meinte, da hatte ihre Schwester ihr wohl mehr erzählt, als ich bisher gedacht hatte.

„Ach, und wie soll das funktionieren?"

Der Raum, den Sarah als Büro bezeichnet hatte, war klein und nicht so hell. Auf einem kleinen Schreibtisch standen ein Bildschirm und zwei Drucker; und das in meinen Augen Wichtigste, zwei Boxen, die einen passablen Eindruck machten.

„Ich habe den Computer schon versucht hoch zu fahren, er verlangt ein Passwort und das weiß ich nicht!"

„Na gut, dann kann man immer noch die Festplatten ausbauen und so versuchen auf die Daten zuzugreifen. Aber andererseits denke ich doch, dass deine geschätzte Schwester auch regelmäßige Sicherungskopien gemacht hat."

„Ulrike sagte, wenn du das nächste 'mal kommen würdest, wollte sie was mit dir versuchen."

Ich sah mich um. Auf zwei Spindeln steckten CD-Roms. Sie hatte offensichtlich tatsächlich Kopien gemacht. War nur zu hoffen, dass sie auch alle notwendigen Dateien gesichert hatte und diese nicht verschlüsselt waren.

„Hast du zufällig einen anderen Computer oder ein Laptop?"

Sie schüttelte den Kopf.

„Was wollte sie mit mir versuchen?"

Sarah grinste mich an.

„Sie wollte die nächsten Therapiestunden ohne deine Hose machen, du solltest deine Hose ausziehen und sie wollte wissen, ob das irgendwelche Erinnerungen..."

Ich lachte, obwohl ich mir sehr gut vorstellen konnte, wie so etwas wohl aussehen würde, eine Therapiestunde und mein unberechenbarer Schwanz in einer Situation, die es ihm erlaubte zu jeder Zeit reichlich Blut zu fordern.

„Na hoffentlich hat sie sich das gut genug überlegt!"

Sicherheitshalber verschwieg ich, dass ich vor der Tür über genau dieses Ansinnen nachgedacht hatte.

„Keine Sorge, sie hat das ganz genau überlegt! Eigentlich hätte es mich nicht überrascht, wenn du so hier an gekommen wärst."

„Ach, ich wollte nicht dass sie da eine Überraschung..."

„Leopold, sie weiß, dass Schwänze zu einer Art Eigenleben neigen und ich auch! Und genau das wäre auch der Sinn des Ganzen gewesen!"

Diese Überlegung Frau Northeims war wohl auch der Grund für meinen Termin am Vortag bei Schwester Karin gewesen. Frau Northeim war der Meinung, um in frühkindliche Gefilde meines Bewusstseins vor zu dringen, mache es Sinn, so weit wie möglich den Zustand eines Präpubertären her zu stellen, um danach dann weitere Schritte zu überlegen.

Dann hatte Frau Northeim ihrer jüngeren Schwester wohl alles erzählt, was ich ihr erzählt hatte und ich wusste nicht, was ich davon halten sollte. Hatte sie ihr auch von meinem Termin bei Schwester Karin erzählt? Ich wechselte das Thema.

„Na, dann müssen wir wohl zu mir fahren, ich habe nicht aufgeräumt und bin auch nicht auf Besuch eingestellt. Mein Computer wird uns die Dateien schon zu Gehör bringen."
„Es geht um meine Schwester, nicht um deine Bude!"
„Gut!"
Sarah schnappte sich kurzerhand die ganze Spindel mit den CD-Roms, die mit einem Stift beschriftet waren, steckte sie in eine Reisetasche, die neben der Tür gestanden hatte und schloss hinter sich mit einem überdimensionalen Schlüsselbund alle Türen umständlich ab.
Vor dem Wartezimmer gab es links noch eine Tür, den Raum dahinter hatte ich nur ein einziges Mal am Vortag betreten. Ich öffnete die Tür und fand den Raum genau so vor, wie ich ihn in Erinnerung hatte.
Der große Spiegel war mein Ziel.
„Was machst du?"
„Ich stelle fest, ob der Spiegel von der anderen Seite aus durchsichtig ist. Mit anderen Worten, ob mein Besuch in diesem Raum gestern, von der anderen Seite aus beobachtet werden konnte."
Ich berührte die Oberfläche des Spiegels mit meinem Fingernagel, der sich direkt, ohne Abstand spiegelte.
Ich hatte mir einen weiteren Mosaikstein beschafft.

Als wir im Flur vor dem Wartezimmer mit dem nackten Griechen standen, bevor wir ins Freie zum Kiesweg und zu meinem Subaru gelangen konnten, blieb sie plötzlich, gleichsam einer Eingebung folgend, vor der Tür blockierend stehen und sah mich an.

„Warum fangen wir nicht hier und jetzt mit der Konfrontation an, die Ulrike für dich geplant hatte?!"

Ich ging wortlos ins Wartezimmer und umrundete den Griechen aus Gips, der sich als Zwischending zwischen Satyros und einem normalen Mann erwies.

Zumindest ließ die Größe seiner Erektion wohl jeden normalen Mann vor Neid erblassen.

„Der ist extra so gut ausgestattet! Das war Absicht von mir!"

Grinsend stand Sarah immer noch im Türrahmen.

„Du siehst also, eine Erektion und sei sie noch so überdimensional, kann mich nicht erschüttern – zieh sie aus!"

„Soll das heißen, du hast die Skulptur gemacht?"

Sie stellte sich stolz in Position und drehte sich zur Seite und ließ die Reisetasche fallen.

„Den Penis hab ich ihm gemacht..."

Indem sie das sagte, reckte sie sich leicht nach hinten und hielt ihre Hand vor ihren Unterkörper, einen imaginären Penis ergreifend.

„Du meinst das Ernst! Der Penis den du modelliert hast ist in meinen Augen ein klassischer Blutpenis. Mit einer deutlich dickeren Eichel. Willst du nun die Rolle deiner Schwester übernehmen?"

„Wer weiß!"

Der Gedanke hatte was...

Als wir in meinem Subaru saßen, ich tatsächlich ohne Hose, hatte ich eine Idee. Ich steckte die Karte aus dem MP3-Rekorder aus Ulrike Northeims Schreibtisch in mein MP3-fähiges Radio und schaltete ein.

Es war ein äußerst ungewöhnliches Gefühl gewesen, ohne Hose das Haus zu verlassen und über den Kiesweg zum Wagen zu gehen. Sarah versicherte mir, es würde mich niemand sehen.

Auf dem Weg zum Wagen redeten wir über den Zustand, in dem ich mich gerade befand.

„Ist das für dich ungewöhnlich, dass der Inhalt dessen, was du bisher geträumt hast, nun Realität wird?"

„Ja und nein. Es ist selbstverständlich nichts Ungewöhnliches ohne Hose zu sein. Es ist auch nicht ungewöhnlich das in Gegenwart einer angezogenen Frau zu sein. Ungewöhnlich ist nur, dass wir uns eigentlich kaum oder gar nicht kennen!"

„Dann warst du schon öfter ohne Hose in Gegenwart einer angezogenen Frau?"

Als ich nickte...

„Erzähl!"

„Da war zum Beispiel Astrid, eine gute Bekannte, sie hat mir immer wieder mal einen runtergeholt – eigentlich mehr geschäftsmäßig. Ich hatte ihr einige Gefallen getan, die für mich nicht der Rede Wert waren und sie meinte, das wäre das Einzige, womit sie mir gefällig sein – mich sozusagen ein wenig entschädigen könne. Das Ergebnis war, dass ich immer, wenn ich sie besuchte, ohne Hose war."

„Was für Gefallen waren das denn?"

„Ach, nichts Besonderes, ich hatte ihr die Wohnung besorgt, indem ich mit einer Bekannten telefoniert hatte, führte Telefonate mit Behörden, die ihr das Leben etwas erleichterten, Tipps bezüglich gesetzlicher Bestimmungen und Ähnliches. Selten auch Dübel in Wänden und Dichtungen in Wasserhähnen."

„Ist immerhin etwas, wodurch ihr Leben einfacher wurde und sie wollte sich gefällig erweisen und ihrer Dankbarkeit Ausdruck verleihen. Sie wollte wohl etwas tun, was dir gut tat und dir gefiel."

„Stimmt wohl. Sie hatte mich wirklich gefragt, *was sie mir Gutes tun könnte* und als mir nichts einfiel, was über eine Tasse Kaffee hinaus ging, fragte sie mich, ob ich eine besondere Körperhaltung bevorzugen würde, während sie mir einen wichsen werde. Ich war kurzfristig überrascht, doch wir redeten einfach weiter über meine Erfahrungen mit Handjobs, als ginge es um das Wetter und während dessen öffnete sie meine Hose und fragte mich, ob ich sie nicht lieber ganz ausziehen wolle. Dann saß ich irgendwann auf der Tischkante und sie auf einem Stuhl direkt vor mir, sozusagen zwischen meinen Beinen. Eine Hand..."

„Am Sack und eine am Schaft? Kann ich auch nur empfehlen. Auf diese Weise kann man sich auch auf die Möpse spritzen lassen, was den potenziellen Spritzer noch weiter motivieren kann! Aber du musst dem Typen, dem du einen abwichst vertrauen können, sonst wirst du kurzerhand gepoppt, ob du es willst oder nicht!"

„So war es beim ersten Mal und es gab immer wieder mal andere Varianten, auch selten die Art, mit auf die Möpse spritzen. Wenn ich sie aufsuchte, dann immer ohne Hose, sie fand das geil und wenn ich mal MIT kam, bestand sie darauf, dass ich die Hose direkt aus zog."

„Aber wenn ihre Möpse blank waren..."

„Blank waren sie fast nie. Unsere Vereinbarung, weil wir wussten, dass es immer diese Form von Belohnung geben würde, war, dass ich mich grundsätzlich ohne Hose in ihrem Appartement bewegte, vom ersten Moment an – na ja, nachdem wir das geklärt hatten, mit der Art der Belohnung, .“

„Sie hat dir dann immer einen gewichst!?“

„Ja, bis auf einmal! Da war alles anders!“

„Hat sie dir einen geblasen?“

„Nein! Eines Tages kam ich zu ihr und sie stand am geöffneten Fenster, um sich eine Veranstaltung in der Fußgängerzone anzusehen; sie hatte eine Wohnung mit direktem Blick auf den zentralen Platz. Ich kam zur verabredeten Zeit, ohne dass wir vorher über ihr Interesse an der Veranstaltung geredet hatten. Sie trug einen relativ kurzen Rock, sah sich um und winkte mich heran, während sie langsam ihren Rock hochzog. Unter dem Rock trug sie nichts und streckte mir auf diese Weise ihren nackten Hintern entgegen. Sie reichte mir einen eingepackten Pariser und wandte sich wieder dem Geschehen in der Fußgängerzone zu.“

„Und du hast die Hose runter gelassen, den Pariser übergestreift und...“

„Ja und nein, die Hose hatte ich schon ausgezogen, als ich ihre Räume betrat, ihr Hintern verschaffte mir die notwendige Erektion. Nackt, unten 'rum, hatte ich sie nie gesehen, und diese Form von Nacktheit, oben 'rum normal gekleidet und unten 'rum nichts, war schon immer in besonderer Weise dazu angetan, mich in Wallung zu bringen.

35

Ich rollte mir den Pariser drüber und rieb mit meiner Eichel in ihrer präsentierten Spalte einige Male vor und zurück, bis er ohne jeden Widerstand bis zum Anschlag in sie hinein glitt."

„Und!"

„Ich tat alles, was ich konnte!"

„Was heißt das?"

„Ich drückte ihn ihr langsam tief hinein und versuchte alles Weitere mit sehr leichten Bewegungen, um ihr den Blick in die Fußgängerzone nicht zu sehr zu verwackeln. Ich habe erst abgespritzt, als sie mich dazu aufforderte..."

Nach einer längeren Zeit des Schweigens.

„Und was für Varianten waren das – ich meine beim Wichsen? So was interessiert sicher auch Ulrike! Und nach dem du sie gebumst hattest, hat sie dir weiter immer nur einen gewichst; und ging das weiter mit CFNM?"

„Mit CFNM meinst du angezogene Frau und nackter Mann? So hatte ich das noch nie gesehen, mit der Benennung. Ja, danach hat sie immer nur gewichst, ich dachte schon ich hätte sie nicht gut genug gebumst, was sie aber verneinte. Bezüglich der Wichspraktiken - zum Beispiel hatte ich die Beine angewinkelt und eng zusammen, dass die Genitalien hinter den Oberschenkeln hinaus ragten. Es war eine ganz andere Form von Abgang. An einem Tag, als sie mir einen wichste kam ihre Nachbarin herein und tat so, als würden wir Kaffee trinken. Sie stellte Astrid nur eine kurze Frage."

„Ach! Ging sie dann einfach wieder raus oder hat sie gewartet, bis es dir kam?"

„Sie blieb bis zum Schluss! Mit verschränkten Armen blieb sie in der Tür stehen und wartete bis zum Ende. Ein anderes Mal kam sie dazu und löste Astrid ab, wegen eines Anrufes, wobei ihre Nachbarin nur die Erektion aufrecht erhielt und mäßig weiter wichste bis Astrid zurück kam."

„Und wenn das mit dem Anruf zuerst gewesen wäre, also wenn die Mitbewohnerin nicht zuvor schon einmal dabei gewesen wäre, ohne das Geschehene zu kommentieren?"

„Hätte ich wahrscheinlich oder vielleicht einen Hänger gehabt! Aber Astrid hatte ihr am Telefon schon beim ersten Mal wichsen gesagt, sie solle erst kommen, wenn ich so richtig abgespritzt hätte. Also war ihr das mit dem Wichsen nichts Neues! Und Astrid hatte ihr wohl auch erzählt, dass sie mir jedes Mal, wenn ich käme, einen runterhole."

„Ist ja interessant! Ich stell mir gerade vor, ich besuche eine Bekannte, die gerade einem Typen einen wichst und mir den Schwanz reicht, weil sie mal kurz raus will. Is' ja irre!"

„Zumindest ist es gar nicht so einfach, mit dir darüber zu reden, wie es sich anhört, angesichts..."

„Ach, dass du von unserem Gespräch einen Ständer hast, sollte uns nicht weiter stören. Allerdings gibt es Gründe dafür, dass du dir keinen wichsen solltest und dass ich dir keinen runterhole – wir müssen den Ständer erst mal Ständer bleiben lassen! Es gehört so zu sagen zum Plan. Ulrike hatte mal den Ausdruck *Bloomsday Therapie* gebraucht."

Gut, mit wippend pulsierendem Schwanz im Wagen sitzend, neben einer Frau, die ich anziehend fand, begann ich die nötigen Knöpfe zu betätigen, um die erste Datei zu Gehör zu bringen.

Zu unser beider Überraschung war aus den Lautsprechern sofort die Stimme Ulrike Northeims im Gespräch mit mir zu hören, während ich den Subaru in Bewegung setzte.

*

„Ich bin mir sicher, dass wir letztlich, speziell aufgrund ihres ungewöhnlich vollständigen Gedächtnisses, in Bereiche vordringen können und werden, die bei den meisten Menschen im Verborgenen bleiben."

„Sie meinen, wegen meines fast lückenlosen Gedächtnisses, wäre mehr in Erfahrung zu bringen?"
„Ja, ich werte es als Glücksfall!"

Eine Pause, an deren Ende Frau Northeim wieder das Wort ergriff.

„Alles, was sie in ihren Erinnerungen mit sich herum tragen, können wir nun nutzen, ich finde es gut. Weil letztlich das, was zu Traumata führen kann, aus der frühen Kindheit heraus resultiert und weil sie sich erinnern können, werden wir vielleicht die Lehrbücher neu schreiben müssen. Sie erzählten mir von ihrer Mutter, dass sie sie gebadet hat und angezogen, dabei ist sie ja wohl auch an ihre Genitalien geraten, erzählen sie das doch mal!"

„Gut, ich war das einzige Kind und daher gab es für mich ja keine Vergleichsparameter. Meine Mutter zog mich morgens an und wenn ich in unserer Zinkwanne Freitags gebadet wurde, wusch sie mich. Ich hab mir da nichts bei gedacht, ich war mir sicher, dass das alle Mütter so machen würden. Außerdem war das eine solche Selbstverständlichkeit, dass ich keinen Grund hatte, es zu hinterfragen."

„Sie hat sie gewaschen? Wie kann ich mir das vorstellen?"

„Wenn ich in der Badewanne saß, später hatten wir ein Badezimmer, hat sie mich gewaschen. Sie sagte unter der Vorhaut wäre es besonders wichtig und hat sie dann natürlich auch zurück gezogen und war sehr vorsichtig dabei.
Ich hab mir nichts dabei gedacht.
Es war für mich völlig normal, dass die Hände meiner Mutter sich auch mit meinen Genitalien befassten.
Speziell bei den Hoden war sie äußerst gefühlvoll und vorsichtig. "

Eine Pause, die mindestens eine halbe Minute dauerte.

„Wie war es, als ihr Penis sich dann später dabei versteifte? Hat sie da aufgehört?"
„Nein, sie hat es in keiner Weise gestört oder missachtet. Wenn ich genau darüber nachdenke, hat sie mir gesagt, dass das normal so ist und dass das später öfter so sein würde, dass er steht!"
„Das ist ja genau das, was man sich als Tochter gewünscht hätte, die Mutter klärt über die Menstruation früh genug auf!"
„Ja, sie hat allerdings einen wesentlichen Aspekt vergessen mir mit zu teilen."
„Pollution und Ejakulation hat sie sicher nicht erklärt und wie war das mit Onanie? Hat sie ihnen erklärt, dass man es sich auch selbst machen kann?"
„Nein, das muss sie wohl auch vergessen haben!"
„Und wenn sie in der Badewanne oder sonstwo einen Stehen hatten, hat sie ihnen dann einen gewichst?"
Die Länge der Pause war mir ein Rätsel. Normalerweise konnte ich sofort mit Sicherheit nein sagen.

„Nein, sie hat mich aber über Pollution informiert, als sie irgend wann einen Flecken entdeckt hat. Sie hat aber vergessen, mir zu erklären, wie man dafür sorgen kann, dass das nicht nachts einfach so passiert."

„Und wie macht man das?"

Ob sie die Frage wirklich Ernst gemeint hatte, blieb mit ein Rätsel.

„Ganz einfach. Wenn man regelmäßig ejakuliert, also oft genug, gibt es keine Pollution."

„Und wie oft?"

„Na ja, das kommt sicher auf den Testosteronspiegel und das Alter an. Ich achte drauf, mir mindestens zwei mal in der Woche einen runterzuholen, damit bin ich zur Zeit auf der sicheren Seite. Dadurch habe ich seit meinem dreizehnten Lebensjahr keine Überraschung mehr erlebt. Als ich jünger war, war das natürlich täglich nötig."

„Und ihre Mutter hatte ihnen das erklärt. Hat sie denn den Penis direkt los gelassen, wenn er in der Obhut ihrer Hände steif wurde?"

„*Sie hat mir eben nicht erklärt, dass Abspritzen hilft, um eine Pollution zu vermeiden. Aber wenn mein Penis steif wurde, wurde er eben steif. Sie hat alles so weiter gemacht, wie zuvor, ihn also zu Ende gewaschen, auch unter der Vorhaut. Wenn die Vorhaut nicht einfach wieder nach vorne geschoben werden konnte, weil der Schwanz zu steif war, hat sie gelacht.*

Aber nie so, als würde sie über mich lachen, es war mehr so, als würde sie über ihren Versuch lachen, die Vorhaut wieder in Position bringen zu wollen.

Das war also völlig normal und unspektakulär. Natürlich wird mir das alles erst jetzt wieder bewusst, weil wir drüber reden, ansonsten hatte ich immer nur an die Träume gedacht.

„*Wir redeten über Pollution und sie sagten, dass sie das verhindern konnten, als sie regelmäßig onanierten. So zumindest habe ich sie verstanden. Durch regelmäßiges Onanieren kam es nicht mehr zu Pollutionen.*"

„*Ja, so war 's, als ich täglich onanierte kam es nicht mehr dazu.*"

Ich hatte wohl gedacht, diese Information würde ihr reichen, wurde aber eines Anderen belehrt.

„*Wie war das? Wie haben sie letztlich die Möglichkeit der Onanie für sich entdeckt?*"

„*Ich kann mich nicht erinnern, von irgend jemandem bisher die Beantwortung dieser von ihnen gestellten Frage gehört zu haben. Ich habe es auch nie irgendwo gelesen.*"

„*Stimmt, ich frage sie auch nur, weil sie sich erinnern können und vielleicht bereit sind, es mir zu erzählen!*"

„*Wenn ich irgendwas meinte verschweigen zu wollen oder verschweigen zu müssen, hätte ich nie zu ihnen gehen dürfen!*"

„Gut, dann erzählen sie doch mal vom ersten Mal. Ich meine, es muss ja einen Moment in ihrem Leben gegeben haben, in dem sie erkannten, dass sie sich ihren Schwanz wichsen konnten, wenn er stand oder ihn zum Stehen bringen konnten, wenn sie sich einen runterholen wollten!"

Die folgende Pause konnte ich mir gut erklären, denn ich musste mich erinnern, erinnern an eine Zeit, die vor Jahrzehnten...

„Sie werden sich wundern. Die Onaniererei korrespondiert interessanter Weise tatsächlich mit meinen Träumen, über die wir bereits ausführlich sprachen. Ich war aufgrund der Unberechenbarkeit meines Schwanzes etwas verunsichert. Einerseits neigte er dazu zu stehen, und ich hatte diesen Vorgang nicht unter Kontrolle, andererseits hatte ich, nachdem ich wusste, dass er bei und mit Frauen stehen sollte, die Befürchtung, er würde genau dann, wenn es nötig wäre nicht stehen."

„Und? Hat er mal nicht gestanden, als es nötig gewesen wäre?"

„Nein, ich konnte mich immer auf ihn verlassen. Bei den ersten Frauen war ich erleichtert, dass er immer stand, wenn er sollte und dann wurde es zu einer Selbstverständlichkeit."

„Gut. Wie haben sie die Onanie entdeckt, oder hat ihnen jemand gesagt, dass man das machen kann?"

„Das ist es ja gerade. Ich hatte das Bestreben, unkontrollierte Erektionen zu vermeiden und das Eigenleben meines Penis irgendwie unter Kontrolle zu bringen. Ich stellte fest, dass ich ihn mir zwischen die Beine klemmen konnte, wenn meine Beine angewinkelt waren. Dann sah ich so aus wie meine Cousine."

„*Ach, was hat das denn mit ihnen gemacht - so auszusehen, wie ihre Cousine?*"

„*Mir war das irgendwann in der Badewanne auf gefallen. Ich hatte, aufgrund eines Tipps meiner Cousine, im Quellekatalog gesehen, dass Frauen vorne keinen durchgehenden Höcker hatten. Vorher, also vor dem Tipp mit dem Quellekatalog, wusste ich nichts von zwei Möpsen, auch weil sich damals der Stoff der Pullover dazwischen spannte. Ich hatte auch erfahren, dass Frauen ihre „Höcker" nicht nur in der Badeanstalt in entsprechende Kleidungsstücke packten, sondern wohl immer, denn BHs gab es ebenfalls im Katalog.*

Also, ich wollte meinen Schwanz dauerhaft unter Kontrolle haben und konnte mir auch nicht als erstrebenswert vorstellen, die beiden Höcker immer und dauerhaft zu verpacken.

Diese beiden Aspekte trafen auf meine Cousine nicht zu, darum hielt ich die diesbezügliche Ausstattung ihres Körpers für ideal."

„*Ich verstehe. Aus ihrer kindlichen Sicht war die präpubertäre Ausstattung von Frauen, also Mädchen, gut und erstrebens-wert, weil es da keine Körperteile gab, mit denen man sich speziell befassen musste!*"

„*Danke, besser hätte ich es nicht umschreiben können. Es wurde mir dann natürlich klar, auch weil meine Cousine das erwähnte, dass das auch bei ihr nicht so bleiben würde. Sie erklärte mir, sie würde auch solche Möpse bekommen.*"

„*Resultierend aus dieser frühkindlichen Prägung und den Tabus, mit denen Geschlechtlichkeit, oder besser sichtbare Geschlechtlichkeit belegt war, ist das tatsächlich ein nachvollziehbares Ideal. Ein Mensch, der über keine Stigmata geschlechtlichen Daseins verfügt.*"

„Vielleicht gab ich mich auch der Illusion hin, meinen Schwanz zwischen die Beine zu klemmen und damit vergessen zu machen."

„Nur, dass das so nicht wirklich funktionieren konnte."

„Nein. Eines Nachts wollte ich diesem erdachten Ideal nacheifern. Ich hatte wohl diesen Traumzustand vor Augen, des ohne Hose Seins, aber mit dem Bewusstsein möglicher Erektionen. Ich hatte mir daher eine Decke um die Oberschenke gebunden und fest verknotet, nachdem ich meinen Schwanz und Sack zwischen die Schenkel geklemmt hatte."

Es gab eine Pause im Redefluss. Nach gefühlten Minuten, aber es waren sicher nur einige Sekunden, konnte man wieder Ulrike hören.

„Und hat es funktioniert? Oder wie lange hat es funktioniert?"

„Es hat funktioniert, bis zu dem Moment, als aufgrund der Aufmerksamkeit eine Erektion einsetzte. Mein Schwanz war fest zwischen meinen Oberschenkeln nach hinten geklappt und durch die verknotete Decke hatte ich keine Möglichkeit ihn in die Freiheit zu entlassen."

„Und dann, was passierte dann? Ich empfinde es übrigens als was Besonderes, dass sie mir das erzählen!"

„Ich habe es auch noch nie jemandem erzählt! Ich weiß auch nicht wie das bei anderen Typen gewesen sein soll..."

„Ich weiß es auch nicht, ich habe bisher noch nie von Jemandem gehört oder gelesen, wie es war. Und doch wissen wir, dass alle damit irgendwann angefangen haben."

Das stimmte, kein Mensch hatte mir erzählt, wie es war.

„Zumindest die Typen, bei Frauen hat es ja oft funktioniert, sie dermaßen zu entsexualisieren, dass sie es sich nie selbst gemacht haben – zumindest bei meiner Generation oder bis zu meiner Generation!"

„Stimmt, aber reden sie lieber weiter, sonst vergessen sie noch, mir das Wesentliche zu erzählen!"

Sie hatte Recht.
Ich war tatsächlich genau an dem Punkt angekommen, an dem es mir schwer fiel weiter zu reden.

„Ja, es fällt mir schwer. Aber weil ich ihnen ja schon alles andere bereitwillig berichtet habe..."

„Es interessiert mich wirklich, weil ich nicht glaube, es von einem anderen Mann jemals zu hören – also..."

„Gut, gut, ich erzähle es genau so, wie es war. Ich hatte also, weil ich den Zustand, warum auch immer, für erstrebenswert hielt, in Rückenlage Schwanz und Sack so eng wie möglich zwischen meine Oberschenkel geklemmt und mir die Beine so eng wie möglich zusammen gebunden. Das übte einen starken Druck auf meine Genitalien aus, obwohl sie natürlich zwischen den Oberschenkeln auch gut geschützt waren. Ich hatte also den Idealzustand erreicht, oben keine Brüste und unten ein Schwanz, der nicht sichtbar war."

„Sie lagen also so rum. Wollten sie einschlafen oder..."

„Ich weiß es nicht. Ich wurde mir des Zustands bewusst und merkte, dass mein Schwanz begann an zu schwellen – was natürlich kein Problem war, denn er war ja unter enger Kontrolle."

„Wie alt waren sie?"

„13, es war zu einer Pollution gekommen, etwa eine Woche vorher. Zwischen Schwanzwurzel und Bauchnabel begannen Haare zu wachsen, aber nicht viele und nicht stark.
Mein Schwanz schwoll leicht an und ich drückte auf die Stelle des Schafts, an der er nach unten geklappt war. Dieses einmalige Drücken führte dazu, dass ER innerhalb seiner Vorhaut bewegt wurde. Ich ließ los und er drückte sich leicht zurück. Ich drückte wieder und ließ los und es baute sich langsam nach und nach dieses Gefühl auf..."

Einige Sekunden Ruhe.

„Und weiter, versuchen sie das Gefühl zu beschreiben!"
„Es war genau das Gefühl, das sich langsam aufbaut und das der Grund ist, es immer wieder machen zu wollen. Ich begann zu schwitzen und kurzfristig, bevor es mir dann kam, dachte ich ich müsse und würde pinkeln. Dann begann mein Schwanz zu pumpen..."
„Sie hatten das Gefühl, urinieren zu müssen? War das öfter so?"
„Nein, nur beim ersten Mal und als mir eine Bekannte einen gewichst hat und den Moment des aufhören müssens versäumt hat, weil sie durch ein Telefon abgelenkt wurde. Sie machte weiter, als wolle sie mir einen fertig machen, obwohl ich schon abgespritzt hatte, was sie nicht wusste, und dann baute es sich wieder auf und es kam mir..."

47

„Hast du eine Ahnung, warum deine Schwester ausgerechnet diese Datei in ihrem Gerät hatte?"

Sarah sah starr geradeaus, vielleicht auch um zu vermeiden, den Eindruck zu vermitteln, meine Genitalien an zu starren.

Das Display zeigte an, dass da noch eine Datei war.

„Keine Ahnung! Weißt du, wann das Gespräch so ungefähr statt gefunden hat?"

„Ja, es muss so ziemlich das erste oder zweite Gespräch gewesen sein, nachdem ich beschlossen hatte deiner Schwester vertrauen zu können und sie für fähig zu halten! Wie sehr ich ihr vertrauen konnte, sieht man ja nun an meinem Outfit und dass ich bereit war es aus zu probieren."

Sie lachte.

„Und, wie geht es dir – ohne Hose – ich meine, wie fühlst du dich? Und wie fühlt sich dein Blutpenis?"

„Musst du mich daran so eindeutig erinnern, ich hatte es schon fast verdrängt. Es gehört aber so ziemlich zu den merkwürdigsten Erfahrungen, die ich so gemacht habe. Es ist natürlich erheblich anders, als mit Frauen, die ich lange und gut kannte."

„Hast du das denn mit den Frauen, die du schon länger kanntest, so gezielt ausprobiert?"

„Wenn ich mit Astrid irgendwo hin gefahren bin, hat sie fast immer meinen Sack in der Hand gehalten oder meine blanke Eichel. Außer *bei und mit* Astrid habe ich das nicht regelmäßig so gemacht, aber das ist mir erst jetzt bewusst. Es hat sich manchmal so ergeben. Eigentlich war immer mein Bestreben Frauen *unten ohne* in meiner Nähe zu haben. Also nicht selbst so rum zu laufen, sondern immer die Frauen so bei mir zu wissen."

„Und meine Schwester weiß von deiner Präferenz. Ihr habt doch sicher darüber geredet!? Oder nur über deine Träume und Erinnerungen? Das einfach mal so aus zu probieren, ist ja auch Sinn der Sache! Für mich ist es auch komisch, ich vermeide immer hin zu sehen, obwohl ich eigentlich will – mit anderen Worten, ich kann verstehen, wie merkwürdig das jetzt für dich ist. Bist du denn nie auf die Idee gekommen, zum Porno Beach zu fahren?"

Der Porno Beach war eine Landzunge am nahe gelegenen See, an der man immer ob Sommer oder Winter Männer sehen konnte, die genau so gekleidet waren, wie ich in dieser Situation.

„Nein, merkwürdiger Weise habe ich da nie dran gedacht, weil ich in meinen Träumen nie alleine in solchen Situationen war und weil es nicht vergleichbar ist! Außerdem werde ich da ja wohl kaum Frauen vorfinden, die so rumlaufen, wie ich es bevorzuge."

Sie nickte.

„Ich verstehe!"

Nun sah sie ganz offen und bewusst hin, ohne sich kurze verstohlene Blicke zu erlauben. Sie sah sich meine Genitalien genau an.

An einer Ampel hielt ich an und sah auf ihre Jeans, genauer zu der Stelle, an der die Jeansbeine zusammen trafen.

„Weißt du, für mich gab es da mal einen Moment, mein Freund hatte seine erste Freundin und als wir alle zusammen saßen, fiel mein Blick genau da hin."

Ich deutete zwischen ihre Beine, meine Hand stoppte etwa 10 cm vor der Hose.

„Als ich realisierte, dass Annegret letztlich ob mit oder ohne Hose, anatomisch genau so war, wie ich es sah..."

„Dein Schwanz zuckt ja jetzt noch bei der Erinnerung!"

Sollte ich ihr sagen, dass das Zucken wohl mehr auf ihren Anblick zurück ging?

„Aber das ist doch immer so, aufgrund der weiblichen Anatomie unten rum..."

Ich wollte wissen, was noch auf der Karte war. Ob Sarah meine Adresse im Kopf hatte, war mir egal, ich fuhr einen Umweg und drückte den Knopf.

Meine Stimme erklang erneut.

*

50

„Ich habe viele Jahre darüber nachgedacht und habe dann einige Ereignisse in meiner Kindheit gefunden. Ob die allerdings als Ursache für die Träume herangezogen werden können..."
„Lassen sie uns zunächst mal bei den Träumen beginnen, die immer wieder kehren!"

Frau Northeim hatte mich unterbrochen, bevor ich die Datei hörte, hätte ich behauptet, sie hätte mich immer ausreden lassen.

„Gut, wenn sie meinen. Also, ich habe schon vor meiner Pubertät immer wieder geträumt, ohne Hose unterwegs zu sein. Aus heutiger Sicht vielleicht mehr wie eine Frau es empfinden würde, die ja keine Erektionsproblematik hätte. Es war wohl so, dass meine Oberbekleidung vollständig war und gerade mal gereicht hat, wenn ich an einem Tisch saß. Wenn ich ging, beugte ich mich leicht vor und mein Schwanz wurde nicht gesehen."

„Der Vergleich ist interessant! Sie vergleichen den unten ohne Zustand mit dem Zustand, von dem sie annehmen, er würde auf Frauen zutreffen, weil sie keinen unberechenbaren Schwanz haben. Wie oft hatten sie denn solche Träume – vor der Pubertät?"
Nun hatte sie mich nicht unterbrochen, aber einen deutlich längeren Redeanteil gehabt, als ich dachte.

51

„Schwer zu sagen, zumindest sind sie mir im Gedächtnis geblieben – vielleicht ein bis zweimal im Monat. Vielleicht aber auch seltener. Zumindest gehören sie zu den Träumen, an die ich mich bis heute erinnern kann. Es fällt mir nicht einmal schwer Einzelheiten abzurufen."

„Und diese Träume hatten präpubertäre Ursachen, wie sie ermittelt haben?"

Ihre Beiträge waren eindeutig zielgerichtet.

„Ja, wenn ich krank war, ließ mich meine Mutter in der Küche auf dem Chaiselongue liegen, in der Küche, weil sie dann in meiner Nähe war und ich gut versorgt wurde. Außerdem war die Küche der einzige Raum, der geheizt war. Sie fand es angebracht keine Hose an zu haben und so habe ich dann da gelegen, unter einer Decke, ohne Hose. Das war nichts Besonderes, eigentlich. Wenn aber meine gleichaltrige Cousine zu Besuch kam oder Freunde..."

„Das kann ich nachvollziehen, als Kind ihrer Generation ist man mit dem Nacktheitstabu gründlich versorgt und wenn dann andere dazu kommen... Sie konnten da so Einiges entwickeln, theoretisch, ich denke mal gründlich nach, aber erzählen sie wie sich die Träume nach der Pubertät verändert haben!"

War sie eigentlich viel jünger als ich? Und wie war es mit ihrer Schwester, die nun neben mir saß? Ich hatte vom ersten Moment an gemutmaßt, Sarah sei die Jüngere.

„Wenn ich so richtig nachdenke, haben sie sich zunächst kaum verändert, vielleicht wegen der fehlenden Erfahrung einer Erektion in der Gegenwart anderer Leute. Wahrscheinlich in besonderer Weise einer Erektion die unkontrolliert erfolgte!"

„Sie hätten nach solchen Erfahrungen einige Präferenzen entwickeln können, die sie aber wohl alle nicht zu haben scheinen. Sicher sind sie Frauen gegenüber eher eloquent als devot. Wissen sie denn, warum ihre Mutter auf so eine Idee gekommen ist?"

„Nein, meine Mutter hat wohl auch immer so geschlafen, aber das weiß ich nur, weil sie es mir irgendwann später erzählt hat. Sie meinen also, ich hätte einige merkwürdige sexuelle Präferenzen entwickeln können, von denen ich verschont wurde?"

„Na ja, komisch ist es natürlich immer nur aus der Sicht des Betrachters, der das für nicht normal hält. Die Übergänge sind fließend. Bei ihnen ist es aber eben nicht so, wie bei vielen anderen mit vergleichbaren Erfahrungen. Die Meisten entwickeln einen Hang zu dominanten Frauen und machen dann oft Sadomasoerfahrungen!"

„Meine Mutter hat mich immer gut behandelt und mit mir ihr Leben lang auf Augenhöhe geredet!"

„Und, haben sie ihre Mutter je nackt gesehen?"

Ich konnte mich gar nicht erinnern, dass wir überhaupt so einen Dialog gehabt hatten.

„Nein, da bin ich wohl ein typischer Vertreter meiner Generation. Meine Eltern habe ich nie nackt gesehen und auch andere Verwandte nicht. Wahrscheinlich sind unsere Vorfahren schon angezogen zur Welt gekommen. Nur mit meiner Cousine bin ich manchmal zum Klo gegangen, sie fand meine Vorrichtung zum Pinkeln sehr praktisch."

Eine längere Pause entstand. Warum ich mich nicht an diesen längeren Dialog in der Form erinnerte, war mir ein Rätsel. Und die Pause dauerte sicher mindestens eine Minute. Auch Sarah blieb ruhig und wartete ab.

„Und die Träume änderten sich irgendwann? Ich meine speziell postpubertär. Wenn man zu einer Erektion fähig ist, wird man damit ja auch im Traum konfrontiert und mit der Unberechenbarkeit!"

„Ja, aber es änderte sich noch was anderes. Es war nicht nur so, dass ich in meinen Träumen einen Stehen hatte, sondern dass Frauen, die in meinen Träumen auftauchten, mir auch den Schwanz gewichst haben. Manchmal habe ich gebumst, es war also nicht mehr so, dass ich mich in den Situationen im Traum falsch fühlte! Aber mein Ständer wurde dann nur gewichst, ohne dass ich abgespritzt hätte."

„Ist es denn im Traum zu Pollutionen gekommen, wenn es schon im Traum zu keinem Abgang kam?"

„Ja und nein. Als ich noch in der Pubertät war und nicht oft genug onanierte, ist es genau zwei mal zu Pollutionen kommen, dann hatte ich aber vorher nichts geträumt, was damit im Zusammenhang gestanden hätte. Merkwürdiger Weise habe ich in einem richtigen nächtlichen Traum nur ein einziges Mal richtig abgespritzt. Ich hab' mit einer meiner ehemaligen Damen gebumst. Sie lag auf einem Tisch und dann hab ich ihn raus gezogen und sie von vorne richtig voll gespritzt. Als ich wach wurde, war es zu keiner Pollution gekommen."

Ich hatte im Hinterhof angehalten und die letzten Minuten hatten wir uns im stehenden Wagen an gehört.

„Das ist sehr interessant! Dass Ulrike meinte, dass da ein Hebel zu finden ist."
„Ich sehe da keinen Hebel, Sarah. Ich habe völlig andere Präferenzen und bei denen weiß ich ganz genau, wie sie entstanden sind!"
„Wohnst du in diesem Haus!"

„Ja. Auf der Karte ist keine Datei mehr, ich glaube wir sollten reingehen, mit den Sicherungs-CDs!"
„Gibt es einen Weg, auf dem du vor Blicken sicher bist? Oder..."
„Wenn wir uns beeilen und horchen, ob jemand im Treppenhaus ist..."
Sie nickte.

Ich ging vor, legte einige Dinge zur Seite, besonders die die auf Stühlen lagen, und drückte die nötigen Knöpfe um den Computer in Betrieb zu nehmen.

In meiner Wohnung staunte Sarah über die Bücher.
„Hast du die alle gelesen?"

Das war die Standardfrage, wie ich sie immer wieder hörte.
„Nicht alle, einige muss ich noch!"

Ich überlegte kurz nach einer Hose zu greifen, allerdings war
das ja wohl absurd, angesichts der Tatsache, dass wir so, wie
ich nun gekleidet war, zu mir nach hause gefahren waren.
Mein Computer fuhr schnell hoch, den Internetrouter hatte ich
erst gar nicht eingeschaltet, weil wir ihn nicht brauchen
würden.
Sarah reichte mir die CD-Spindel aus der Reisetasche, die sie
abstellte. Die letzte Sicherungs-CD aufgrund der Datumsaufs-
schrift lag oben und ich schob sie in den Schacht.

Sekunden später wurde ein Icon mit einer CD angezeigt, das
ich anklickte.

Ordner und Dateien wurden eingeblendet.
Wenn ich nun erwartet hatte, Namen zu sehen, wurde ich
enttäuscht.
Es waren nur Monatsnamen die als Bezeichnungen der Ordner
fungierten.
„Dann solltest du wohl in den Januar gehen, und da mit der
ersten Datei anfangen..."

Ich nickte.

Wir setzten uns vor die Boxen des Computers und ich
aktivierte die Datei, die Sarah mir gezeigt hatte.

Zunächst hörten wir nur ein Rascheln und einige andere Geräusche, die nicht zu dem Gespräch gehören konnten, allerdings war es gut möglich, dass Frau Northeim irgendwelche Gegenstände auf ihrem Schreibtisch hin- und herrückte.

Es vergingen noch einige Sekunden, aber dann...
Meine Stimme war wieder zu hören.

*

„Spezifischer sagen sie. Ich versuche mich zu erinnern."

Die nun entstehende Pause war äußerst interessant.
Ich wusste nicht genau, ob ich der Datumsaufschrift glauben
sollte, denn nach meiner Meinung hatte das Gespräch erst vor
wenigen Wochen statt gefunden.

*„Es war die Fußgängerzone. Ich ging ganz normal durch die
Fußgängerzone und merkte nach einiger Zeit, dass ich keine
Hose trug. Mein Hemd, oder was auch immer, reichte so weit
nach unten, dass so eben der Hintern bedeckt war und ich
mich nicht traute mich nach vorne oder hinten zu beugen."*
*„Das wäre aber wohl besser der Traum einer Frau gewesen,
das ist realistisch. Ich kann mir vorstellen, wie das ist, so
durch die Fußgängerzone zu gehen in einem kurzen Hemd oder
Kleid und immer darauf bedacht sein zu müssen, dass vorne
und hinten nichts hoch rutscht, und Wind wäre auch nicht gut.
Was aber war mit ihrem Penis?"*
*„Das ist es ja gerade, Frau Northeim, in dem Traum spielt
seine Erektionsfähigkeit ebenso keine Rolle, wie der Umstand,
dass er von der Seite natürlich das Hemd etwas nach vorne
schob. Es war so, als hätte ich postpubertär aus versehen
präpubertär geträumt!"*
*„Lassen wir diese Vorstellung mal etwas sacken. Kein Mensch
bemerkt sie als wären sie nicht da..."*
*„Doch, es hat da Leute gegeben, die neben mir gingen... Jetzt
hab ich 's. Ich bin da schon mal so ähnlich durch die Fußgängerzone gegangen, wie konnte ich das vergessen?"*

Eine Pause, aber ich wusste, sofort, was mir da eingefallen war.

„Lassen sie uns teilhaben!"

„Gut, ich war im Sommer 1973 nachts mit einigen Leuten über den Zaun ins Freibad geklettert und auf dem Rückweg...
Ich kann mich noch düster an den Umstand erinnern, immerhin war es fast stockfinster, den Sybille machte, um sich abzutrocknen. Klar, sie trocknete sich so gut es ging ab, zog ihr T-Shirt über und fingerte irgendwie das Oberteil des Badeanzuges runter. Dann zog sie den Rock an und den Badeanzug aus, um sich weiter abtrocknen zu können.
Das war 's.
Düster erinnerte ich mich nur, weil ich gleichzeitig damit beschäftigt war, meine Sachen zusammen zu suchen, Max schien sie immerhin neu geordnet und mit denen der anderen vermischt zu haben.

Eines jedenfalls steht fest, Sybille war mit dem Umziehritual *fertig, als sie den Badeanzug von den Füßen gestreift hatte.*
Irgendwie gelang es uns dann, so einigermaßen abgetrocknet über den zuvor erwähnten Zaun zu klettern. Hätte ich zu diesem Zeitpunkt schon gewusst, was ich später erfahren sollte, die zuvor erwähnte Kleinigkeit des vergessenen Slips...
Dann auf dem Rückweg zum katholischen Krankenhaus ging Sybille rechts von mir.
Es stellte sich heraus, ja, ich meine Sybille selbst habe es mir berichtet, dass sie keinen Slip mitgenommen habe...

Erst als sie es selber gesagt hatte, machte es Klick in meinem Gehirn.

Ein Umstand, den ich erst jetzt, im Rahmen des Nachdenkens nach über dreißig Jahren, zu ergründen vermag, denn auch wenn ich mich nur düster an den Umziehvorgang erinnere, kann ich doch die Sache mit dem fehlenden Slip aufgrund meiner Erinnerung bestätigen.

Sie war in ein gelbes oder weißes enges T-Shirt gehüllt und trug einen kurzen zinnoberroten Faltenrock, einen jener Art, der vorne einen Lendenschurz bildet und seitlich, an den Vorderseiten der Oberschenkel in Falten gelegt ist.
Sybille trug dieses enge T-Shirt und den kurzen roten Rock.
Den kurzen roten Rock!
Kurz und rot!
Kurz und rot und nichts drunter.
Nichts drunter!

Ich weiß noch genau, nach all den Jahren, wie der Rock sich bei jedem ihrer Schritte bewegte, wie er vorne und hinten im Rhythmus ihrer Schritte wippte, weiß noch genau, dass Max und Werner, die von der bedeutenden Tatsache sybillescher Bekleidung nicht im Geringsten beeindruckt waren, ständig versuchten, ihren Rock hochzuheben, was ich als wahrhaftiges Sakrileg ansah, als Störung der Bedeutsamkeit des Augenblickes, obwohl es wohl niemanden außer mir gab, der mit jeder Zelle seines jungen Körpers nur danach gierte, eben diesen Einblick zu erhaschen.

61

Ich ging neben ihr, neben dieser Frau, die meine ganze Gefühlswelt in Aufruhr versetzt hatte und die erstrebenswertesten Körperteile dieser Frau waren nur durch Luft von mir getrennt, waren meinen Blicken nur durch dieses wippende Etwas von Rock entzogen, waren da, so nah und doch so unerreichbar.

Waren da, *zum Greifen nah.*

Ein einziges beherztes Zugreifen hätte genügt, ein einziges kurzes Zugreifen, doch ich tat es nicht, nein, sondern wehrte noch die Hände von Werner und Max ab, die einfach nur so, um sich einen Gaudi zu bereiten, versuchten, Sybilles Rock hoch zu heben.

Ich ging, wie auf Watte neben ihr und alle meine Gedanken befanden sich unter ihrem Rock, versuchten gleichsam psycho-kinetisch die Faszination dessen, was sich meinen Blicken verbarg zu ergründen, mit Gedanken zu erfühlen.

Sybilles Schritte ließen den Rock wippen und meine Gedanken erfassten die Bewegung ihrer Beine, zwischen denen sich die großen Vulvalippen bewegten, die die kleinen bedeckten.

Gab es keine Reibung, die Sybille in den Zustand der Erregung versetzte?

Aber gab es sonst Reibung, wenn sie lief?

Was machte die Sache anders, war es nicht nur dieser fehlende Slip, dessen fehlen mir in diesem Augenblick nur durch Sybilles Worte ins Bewusstsein gedrängt worden war?

Sprachen wir nicht sogar über diesen Umstand, Sybille und ich?

Gab ich nicht an, dass es mir völlig gleichgültig sei?

Hätte sie mir nicht vielleicht ihre Dankbarkeit dafür gezeigt, dass ich sie gegen Max und Werner unterstützt hatte, indem sie mir genau das gezeigt hätte, was ich so dringend zu sehen begehrte?

Wusste diese Frau überhaupt, was sie da angerichtet hatte? Wusste sie es, ja hatte sie es in irgendeiner Weise sogar geplant? Hatte sie bewusst diesen Zustand des imaginären Unten Ohne herbeigeführt, um mit diesem Umstand kokettieren zu können?"

Eine Pause entstand, eine ziemlich lange Pause.

„Danke, für diese Erinnerung, sie wird uns sicher weiter bringen!"

Es war nur noch die Kühlung des Computers zu vernehmen.
Es dauerte einige Minuten, bis ich das Schweigen brach.
„Ich mach' uns einen Tee! Trinkst du Jasmintee oder Earl Grey?"

Sie nickte wortlos.
Während ich in der Küche herum hantierte, entschied ich mich für Jasmintee, obwohl ich normalerweise nicht lange nach zu denken brauchte und mich fast immer für Earl Grey entschied.

Als ich zurück kam in mein Wohnzimmer, in dem auch der Computer herum stand und werkelte, stand Sarah nicht, wie von mir erwartet, vor dem Bücherregal, um sich zu orientieren.

Sie saß in meinem Sessel, hatte die Füße vor sich auf der Sitzfläche stehen und trug die Jeans nicht mehr. Sie saß ohne Jeans oder sonst was unten rum in meinem Sessel und hatte die Füße so über Kreuz vor ihrer Vulva stehen, dass ich sicher aus keinem Winkel gesehen hätte, ob sie ein prächtiges Haardreieck trug, oder rasiert war.

Ich blieb kurz wie angewurzelt stehen.
War es der Tee, dessen Duft mir in die Nase stieg?

War es der Anblick Sarahs, die die Füße vor ihrem Hintern auf
die Sitzfläche gestellt hatte, wie damals Valeria?
Oder war es beides?

*Kathmandu hieß diese Teestube und sollte wohl an die
Hauptstadt des Nepal erinnern. Die Beleuchtung war weniger
als mäßig. Die Tische an den Wänden hatten abgesägte Beine
und man hockte auf Matratzen.*
Eine Kanne Jasmintee dampfte direkt vor meiner Nase.
*An den Wänden waren Bilder zu sehen, die in die mystische
Stimmung der Umgebung passten. Was nicht passte war der
Kalender von 1972, der von einem Opel Autohaus stammte und
auf dessen Bildblatt ein Commodore GS/E Coupe zu sehen war.*

*In einer Ecke stand ein Spiegel, der mich faszinierte. Man
schien einen Teil der reflektierenden Beschichtung der Hinterseite weggekratzt zu haben, um dahinter eine Lampe zu instal-
lieren, die verschiedenfarbiges Licht durch die Aussparungen
in den Raum schickte; Glasmalfarben schien man wohl
verwendet zu haben.*

*Einen solchen Spiegel und eine solche Teestube sollte es in der
Stadt in der ich normalerweise zu hause war, auch geben.*
*Die Musik war äußerst dezent und keinesfalls unkommuni-
kativ - Leonard Cohen.*

*Neben der Teekanne vor meinen Augen standen zwei
Teeschalen.*

Ich hatte das Gefühl, mich umdrehen zu müssen, unterließ es aber, weil ich zu glauben meinte, die Ursache für dieses Gefühl zu kennen.

Eine alte Scheibe von Leonard Cohen war zu hören, die eine Menge Erinnerungen in mir wach zu rufen vermocht hätte, was ich an diesem Abend aber nicht zulassen wollte, vielleicht später.

Valeria musste hinter mir stehen, da war ich absolut sicher, ich hatte dieses Gefühl, des angesehen werdens von hinten, ohne auch nur die geringste Bedrohungsphantasie zu entwickeln.

„Warum setzt du dich nicht, Valeria?"
Ich hatte laut genug gesprochen, um die Musik zu übertönen.
Tatsächlich spazierte sie an mir vorbei und setzte sich mir gegenüber hin.

Ihre grünen Augen sahen mich an.
Wortlos beugte sie sich nach vorne, um die Teekanne zu ergreifen.
Ihr weites schwarzes Kleid hing so locker um ihren Körper, dass ich unweigerlich in ihren Ausschnitt starrte, was sie nicht zu bemerken schien.
Ich schloss die Augen.
Nein, die Sexfantasien wollte ich mir nicht gestatten.
Valeria und ich kannten uns jetzt einige Wochen und trafen uns in unregelmäßigen Abständen im Kathmandu.

Valeria goss einen Teil des Tees in die Schalen.
Ihre weichen Brüste waren zum Greifen nahe!
Ich schüttelte unwillkürlich den Kopf.

„Was ist, Leopold?"
„Nichts, gar nichts!"
Sie stellte die Kanne zurück.
Der Tee dampfte in den Schalen und Valeria nahm wieder ihre
normale Sitzposition ein.

Ich atmete tief durch und konzentrierte mich auf ihre Augen,
um nicht in den Verdacht zu geraten, sie mit den Augen
auszuziehen zu wollen, was natürlich der Fall war. Immerhin
musste man bedenken, dass ich mich seit einigen Wochen in
meinen sexuellen Fantasien immer nur mit ihr beschäftigt
hatte.

Sie zog ihre Beine an und stellte die Füße auf die Sitzfläche.
Meine Augen starrten ihre Oberschenkel an und versuchten
einen Blick weiter unter das Kleid zu erhaschen.
Nein, ich musste meine Fantasie beherrschen.
Sie zog das Kleid beiläufig runter, bis zu den Füßen.
Ich spürte in mir diesen Kampf!

Ja, ich fühlte, wie dieser Kampf entfachte, wie zwei Mächte
begannen zu ringen; plötzlich verstand ich Hamlet.
Ich durfte nicht wieder den Kampf verlieren, ich musste an
Ingrid denken und an die Erinnerungen, die mich seitdem
verfolgten.

Wahrscheinlich hatte ich nur einige, vielleicht auch mehrere, Sekunden so im Türrahmen gestanden, als ich mich an Valeria erinnerte und daran, dass ich gehofft hatte, sie sei nackt unter dem Kleid.

Zumindest hatte ich Sarah angesehen, vielleicht zum ersten Mal richtig angesehen.
 Andererseits durfte ich sie nicht einfach so in meinen Gedanken sexualisieren, erstens um unsere Geschäftsbeziehung zu respektieren und zweitens...

„Leopold! Ist was?“
„Nein, ja! Ich habe dich da sitzen gesehen und den Tee gerochen. Beide Sinneseindrücke zusammen haben mich an eine Teestube in Berlin erinnert, 1974.“
Ich sah sie immer noch an.

„Du hast ja grüne Augen!“
 Obwohl es mir nicht bewusst gewesen war, hatte ich es möglicherweise wahrgenommen und in irgend einer Ecke, einer Windung meines Gehirns abgelegt.
 Selbstverständlich verschwieg ich ihr den sexuellen Aspekt dieses meines kurzen Gedankenausflugs und ging auch nicht auf die fehlende Jeans ein, die geeignet war, *mich den Verstand verlieren zu lassen, wenn ich auch nicht einmal hinsah.*
 Meine Erfahrung mit Frauen beinhaltete den Umstand, dass Sexualität offiziell kein Thema war. Frauen waren immer bemüht den Eindruck zu vermitteln, kein Interesse an Sex zu haben, obwohl im von mir definierten Normalfall die Hälfte der Sex praktizierenden Menschen Frauen sind.

„Der Geruch des Tees und ich im Sitzen? Ja, ich habe grüne Augen, seit meiner Geburt!"

„Weißt du, ich meinte die Art zu sitzen, mit angezogenen Füßen und ohne Jeans!"

Ich stellte die Teeschalen neben die Tastatur und goss vorsichtig den Tee ein.

„Danke!"

Ich wandte mich ab und ging zum Fenster – andere visuelle Eindrücke suchend...

„Ulrike hat, nachdem du ihr die Erinnerung mit Sybille erzählt hast, nie mehr was drunter getragen, wenn du zu Terminen kamst. Sie sagte, es wäre geil gewesen zu wissen, dass du es nicht ahnen würdest, obwohl es genau das sei, was dich so richtig in Fahrt bringe und sie hat es sich hinterher gemacht, weil sie sich in deine Erzählungen vertieft hatte..."

Akustisch hörte ich den Computer und dann das knatschende Geräusch des Sessels. Sarah bewegte sich wohl. Dann hörte ich näher kommende Schritte.

Sie musste nun direkt hinter mir stehen.

„Wenn ich gehen soll..."

Ich drehte mich um, oder besser, ich beobachtete mich, wie ich mich umdrehte.

Sie war zu nah.

Und ich hörte mir zu, als ich sagte:

„Nein, nein, ich muss mich nur konzentrieren."

Während ich mir dabei zuhörte, dass ich das sagte, konnte ich meinen Blick nicht von dem Spiegel nehmen, der an der gegenüber liegenden Wand hing.

Wieder ergriff ich das Wort und wieder war es ein Automatismus des Redens, dem ich mehr zuhörte, als dass ich der Redende war.

„Wir müssen uns auf die Suche nach deiner Schwester konzentrieren!"

Sie wich nicht zur Seite und sah mir in die Augen.

Alles in mir drängte danach, sie zu berühren, sie an mich zu drücken und nicht wieder los zu lassen.

Anders als meine Stimme, hatte ich den Rest meines Körpers wohl noch unter Kontrolle. Aber ich hörte mich auch nicht mehr reden.

Nach hinten konnte ich nicht ausweichen, denn da war die Fensterbank. Ein leichtes Pochen meines Genitals und ich wusste, dass sie so nah stand…

Wenn er sich weiter aufrichtete, würde er sie berühren, würde sie diese Berührung spüren.

Mein Blick sog sich in ihren Augen fest, wohl wissend, dass der Spiegel tabu blieb, ja bleiben musste.

Sie kam noch einen halben Schritt näher und ich umarmte sie spontan.

„Weißt du, wenn man Männern ohne Hose begegnet, ist das eine irrsinnig intensivierte Kommunikation. Jede Regung oder Änderung des Gemütszustandes kannst du ablesen!"

Sie fühlte sich so gut an und roch immer noch so angenehm.

„Ich finde das nicht fair, denn Frauen können mit einem solchen Zustand spielen, ohne dass Männer sich adäquat wehren können."

Sarah drückte mich an sich und ich war ihr dankbar.

„Weißt du Leopold, wir können so lange hier stehen bleiben, bis deine Erektion abgeklungen ist. Aber ich fände es wesentlich ehrlicher, wenn du dich einfach so weiter durch die Wohnung bewegen würdest, ob du nun einen Stehen hast oder nicht. Ich finde es gut so!"

Sie trat zurück und griff mit ihrer Linken nach meinen Murmeln.

„Eins muss man Schwester Karin lassen, sie hat deinen Sack absolut perfekt rasiert!"

Was sollte es.
Ich hatte einen prächtigen Ständer und wir tranken Tee.
Einen Versuch, meine Vorhaut über die Eichel zu ziehen, hatte ich schnell wieder auf gegeben.

„Heute ist Bloomsday, hat Ulrike mir gesagt und dass sie da mit dir zum Italiener gehen wollte, Eis holen. Es gibt hier wohl keinen Iren."

Ihre Schwester Ulrike, die den Plan hatte, mich in einem *Zustand der Geilheit* zu lassen und von der Sarah mir Dinge eröffnet hatte, die für mich völlig unvorstellbar waren, nicht nur grundsätzlich, sondern besonders bei ihr.
Wenn ich bedachte, dass sie einige Male mit mir Termine hatte, bei denen sie unten…
Und dann hatte Sarah noch gesagt, sie hätte es sich hinterher selbst gemacht, weil die Gespräche mit mir so anregend gewesen wären.

„Deine Schwester wollte mit mir beim Italiener ein Eis holen? Am hundertersten Bloomsday..."
„Ja, aber deinen Schwanz müssen wir unter Kontrolle bringen."
Ich muss wohl relativ kariert geguckt haben.

„Nein, dass ist es ja gerade. Du musst emotional genau in dem Zustand bleiben und dazu binde ich deinen Schwanz hoch. Abspritzen wäre jetzt *das Fatalste* und würde uns kein Stück weiter bringen."

„Und wie soll das funktionieren, ohne dass wir wegen Erregung öffentlicher Erregung verfolgt werden? Zumindest ich. Du könntest dich als Frau überall nackt bewegen und kein Mensch würde eingreifen!"

Sie lachte.

„Klar, wenn SIE sicher sein kann, dass nicht plötzlich ein Typ auf ihr liegt und einige andere schon Schlange stehen!"

Sie stand auf und ging zu der mitgebrachten Reisetasche.

„Schwester Karin hat auch einige Messungen mit dem Maßband an dir vorgenommen."

Stimmt, Schwester Karin hatte mir nicht nur fachgerecht den Sack rasiert, sondern auch einige Maße ermittelt, die sie aufgeschrieben hatte.

Während sie meinen Sack einseifte und immer wieder fühlte, ob da noch Haare zu tasten waren, hatte ich einen Dauerständer gehabt.

Schwester Karin hatte meinen Schwanz gehandhabt, wie seinerzeit meine Mutter, als wäre es selbstverständlich, dass so ein Schwanz steht, wenn man den Sack rasiert und genau das ist es ja auch.

Absolut selbstverständlich.

Ich vermutete, dass sie genau wusste, wie sie es anstellen musste, meine Erregungskurve genau bis kurz vor dem *point of no return* zu halten,

Und als sie eigentlich fertig war mit ihrem Werk, hatte sie wohl ein Einsehen.

„Sag' nichts zu Frau Doktor Northeim! Ich wichs dir jetzt erst mal richtig einen. Das hält ja keine Mensch aus, so einen Dauerständer!"

„Aber pass auf, der donnert sofort los!"

Sie lachte.

„Der donnert erst los, wenn ich es wirklich will, garantiert!"

Sie sollte Recht behalten, mindestens zehn Mal dachte ich, jetzt geht 's los, aber sie hörte auf, genau eine halbe Sekunde, bevor es kein Zurück mehr gegeben hätte.

Doch dann, hörte sie ohne Vorwarnung nicht mehr auf und machte langsam, in einer quälenden Langsamkeit, weiter, bis mein Schwanz die erste erlösende Ladung verschoss; dann legte sie wirklich los und wichste, was das Zeug hielt.

Auch dabei schaffte sie es, rechtzeitig aufzuhören, bevor es unangenehm werden konnte.

Sie war eine absolute Könnerin.

„Das könntest du jeden Tag machen und ich würde gar nicht mehr auf die Idee kommen, dass man auch bumsen kann..."

Natürlich erzählte ich auch Sarah nicht, dass Schwester Karin mir derart einen runtergeholt hatte, dass ich dafür auf alle anderen Sexualpraktiken verzichtet hätte.

Sarah kam von der Reisetasche zurück, die immer noch neben der Tür stand.

„Diese Hose haben wir extra für dich nach deinen Maßen angefertigt, oder umgeändert. Schwester Karin hat sicher sehr gründlich gemessen, sie wird dir passen. Aber zuerst habe ich hier noch einen Nierengurt, den wir mit einer Extratasche versehen haben."

Sie hielt einen Nierengurt hoch. Es handelte sich allerdings nicht um ein Exemplar, wie ich es von Motorradenthusiasten kannte, sondern um eines aus einem Sanitätshaus.

Ich nahm ihr das Requisit aus der Hand und legte es ohne zu zögern an.

Sarah lachte, als ich mit Ständer und Nierengurt vor ihr stand, denn das Shirt hatte ich hoch gezogen.

Sie griff nach dem Gurt und drehte ihn.

„Hier vorne ist eine interessante Kleinigkeit eingenäht und die muss ich dir noch zeigen. Ansonsten stimmt die Position."

Sie griff sich meinen Schwanz mit der einen Hand und löste mit der anderen den angelegten Nierengurt.

Ohne meinen Schwanz los zu lassen, drehte sie den Gurt und brachte eine Art Röhre zum Vorschein, die eingenäht war.

„Die Röhre wird passen, Schwester Karin hat alles genau vermessen, auch den Umfang deiner Eichel bei maximaler Erektion und wenn unterwegs die Erektion nachlassen sollte, oder sich intensiviert, wird das auch gehen, denn im Inneren ist das Teil so gleitfähig, wie Ulrikes Vagina nach euren Gesprächen!"

„Sarah! Was glaubst du eigentlich, wie lange es noch dauert, bis er los donnert aufgrund von Verbalstimulation?"

Mein Schwanz steckte in dieser flexiblen Röhre des Nierengurts und egal, ob er nun schrumpfen sollte, oder sich wieder
aufrichten, er war letztlich an der Bauchdecke fixiert und hatte
keine Chance in der Öffentlichkeit auf zu treten.

Als ich vor Sarah gestanden hatte, mit hoch geklapptem
Schwanz, habe ich dann die Cordhose angezogen, eine, wie ich
schon eine in meinem Schrank wusste.

Nach Schwester Karins Messergebnissen hatten Sarah, Karin,
Ulrike oder alle drei, eine Öffnung in die Hose geschnitten und
die Ränder vernäht. Wenn mein Schwanz nicht durch den
Nierengurt fixiert gewesen wäre, hätte er auch noch genug
Raum gehabt, aus der Hose zu ragen.

Auf diese Weise befand sich aber nun mein glatt rasierter Sack
tatsächlich draußen, mein Schwanz konnte machen was er
wollte, und würde uns nicht in die Quere kommen und mein
Shirt war gerade lang genug, um im Stehen meinen Sack zu
bedecken.

Sarah war mit der Reisetasche kurz in meinem Schlafzimmer
verschwunden und Minuten später in einem kurzen roten Kleid
zurück gekehrt, das oben eng, unten weit und beidseitig unter
den Armen bis zum Saum überlappend geknöpft war.

Sie sah so toll aus, dass ich erleichtert war, meinen Schwanz
unter Kontrolle zu wissen.

Als Sarah und ich wieder in meinem Subaru saßen, um uns auf den Weg zur Eisdiele zu machen, hielt sie mir plötzlich eine SD-Karte vor die Nase.

„Wir haben weder Kosten noch Mühen gescheut und noch eine Tondatei organisiert, bei der du über Sex redest, steck sie doch mal rein, in den Apparat! Das erste müsste ein Traum sein."

Nun gut, dass da dann meine Stimme erklang, wunderte mich nach der Ankündigung nicht mehr, aber wo hatte sie die Tonaufnahme her, die Schwester meiner Therapeutin?

Ich hatte vor Jahren Tonaufnahmen mit Meghan gemacht, die ich eigentlich schon lange vergessen hatte. Sie meinte ich könne mit meiner Stimme eine erotisierende Wirkung auf Frauen erzielen.

*

„*Es handelte sich um eine Art Treppenhaus, in dem ich nach oben ging. Treppen, die mehrere Stockwerke miteinander verbanden und aus Holz gefertigt waren.*
Nicht nur auf den Stufen, sondern auch am Geländer war die Farbe wegen der häufigen Benutzung über die Jahre hinweg abgewetzt. Auf dem oberen Treppenabsatz stand mein Bett.

Ich zog mich vollständig aus, legte mich hin und wickelte mich förmlich in meine Decke ein. Erst im Liegen, während ich die Decke um meinen Körper wickelte, bemerkte ich die erhebliche Erektion, zu der sich mein Schwanz aufgerichtet hatte.

Mit geschlossenen Augen lag ich da und versuchte über die Situation, das Treppenhaus und dessen Zustand nach zu denken, was mir aber nicht gelang.
Noch während ich darüber nachdachte, ob ich mir, zwecks besseren Einschlafens einen runterholen sollte, bemerkte ich, dass jemand an mein Bett getreten war.
Jemand ergriff durch die Decke meinen Schwanz, setzte sich, den Schwanz loslassend auf die Bettkante und zerrte derart an der Decke...

Schon Sekunden später lag sie falsch herum neben mir. Das Licht war nicht sonderlich hell, so dass ich sie nicht sofort erkennen konnte.
Wieder ergriff sie durch die Decke meinen Schwanz und versuchte ihn mit einiger Kraft nach unten zu drücken, was die Heftigkeit meiner Erektion noch weiter verstärkte.

Ich richtete mich auf und schob die Decke, unter der sie nun lag langsam und vorsichtig zur Seite. Diese Frau schien außergewöhnlich groß zu sein. Ihre langen Beine waren unbekleidet. Meine Hand glitt an ihrem linken Schenkel empor, an ihrem Hintern entlang, der ebenfalls unbekleidet war, entlang an ihrer nackten Taille, bis zu dieser kurzen Bluse, die sie trug.

Diese Bluse war vorne auf geknöpft, doch bedeckte sie ihre Brüste vollständig. Diese Frau hatte dunkle Haare auf dem Kopf und unter dem Nabel. Sie hatte grazil ihre Beine angewinkelt und so nebeneinander gestellt, dass ich keine Möglichkeit hatte, dazwischen zu sehen, oder dazwischen zu greifen.

Diese helle Bluse, die sie trug, beschäftigte mich gedanklich mehr, als ihr haariges Dreieck, vielleicht weil die Brüste von der Bluse bedeckt waren?!

Obwohl ich andererseits absolut sicher war, kleine, kaum ausgeformte Brüste vorzufinden; doch andererseits bin ich eigentlich genau der Typ, der auf große stramme Möpse steht.

Irgendwie wurde mir klar, dass ich mich in der Handlung eines irrationalen Traumes befand.

Klick!
Weiter ging es nicht!
Warum müssen Träume immer dann aufhören, wenn es interessant wird?

An wen hatte mich diese Frau erinnert? Es dauerte Minuten, bis es mir dämmerte; was mich dann aber erschreckte, denn mit der Frau aus meiner Erinnerung hätte ich niemals sexuelle Beziehungen unterhalten können, weil sie mich in keiner Weise reizte.

Sollte dieser Traum etwa bedeuten, dass man es mit jeder Frau treiben konnte, wenn man einen Ständer hatte?
Vielleicht!

Kurze Zeit später fuhr ich mit einem Fahrrad durch Paderborn.
Die Decke hatte ich mir umgehängt. Es dämmerte."

„Ulrike meint, dass in diesem Traum ein Hinweis ist, der sie letztlich auf den Weg gebracht hat, den wir nun fahren!"

„Das glaubst du doch wohl selber nicht, beziehungsweise deine Schwester. Wo soll denn da ein Hinweis zu finden sein?!"

„Warte ab, Ulrike hat gesagt, dass du heute einen richtigen Durchbruch erzielen wirst und sie ist sich da ziemlich sicher."

„Wer hat eigentlich hinter dem Spiegel gestanden und zu gesehen, als Schwester Karin mir den Sack rasiert hat, Ulrike oder du?"

Sie sah mich erstaunt an.

„Ich habe mir den Spiegel eben genau angesehen, er ist semitransparent und von der anderen Seite konnte man Schwester Karin bei der gründlichen Rasur zusehen!"

„Ach!"

Das war alles, und dann.

„Ist da noch was drauf, auf der Karte?"

*

„Ein Geschäftsessen sollte es sein, so hatte man mich eingeladen. Einen besonderen Rahmen hatte man mir offeriert und ich hatte zu gesagt, obwohl ich mir gar nicht so sicher war, ob ich mit diesen Personen überhaupt Geschäfte zu machen gedachte. Aber so ein Essen, in besonderem Rahmen...

Also war ich hingefahren.
Das Gebäude war ein Hotel, oder wahrscheinlicher ein ehemaliges Hotel mit großen Räumen und hohen Decken.
An der Rezeption wurde ich von einer Frau empfangen, die mir mein Zimmer zeigte und mich bat, mich in einen eigens für mich besorgten robenartigen Mantel zu hüllen, da meine Gastgeber beabsichtigten, im Anschluss an das Mahl den Swimmingpool des Hauses zu benutzen. Auf Badekleidung sollte ich verzichten, weil das hier so üblich sei, außerdem wolle man ja seine Gastgeber nicht vor den Kopf stoßen.

Nun saß ich in diesen robenartigen Mantel gehüllt und ansonsten unbekleidet an einem Tisch, der über eine Tischdecke verfügte, die bis zum Boden reichte und der reichlich gefüllt war mit Speisen aller Art. Ich aß nicht viel und auch nicht zu kalorienhaltig, denn ich wollte nicht zu viel des Sauerstoff transportierenden Blutes in meinen Verdauungsorganen binden, sondern über eine einwandfreie Durchblutung des Gehirns verfügen, um nicht in geschäftlicher Beziehung über den Tisch mit der bis zum Boden reichenden Decke gezogen zu werden.

Bei meinen potentiellen Geschäftspartnern handelte es sich um eine junge Dame und ihren alten Vater. Dieser Vater hatte die achtzig schon weit überschritten, wobei ich die junge Dame auf unter dreißig schätzte.

Der alte Vater sprach über alle erdenklichen Dinge des täglichen Lebens und war offensichtlich kaum in der Lage, die Nahrungsmittel auf seinem Teller genau zu sehen, denn er stach immer wieder mit seiner Gabel daneben. Bei seiner Tochter handelte es sich um eine ausgesprochene Schönheit, die mich in ihrer ungeschminkten Natürlichkeit gleich faszinierte. Der alte Herr war geistig äußerst rege und gewandt, was seine Tochter geerbt haben musste, oder durch Prägung erworben hatte.

Ich hatte gut daran getan, nicht zu viel gegessen zu haben und auch den Alkohol der angeboten worden war, nur in geringstmöglichen Mengen genossen zu haben, denn die junge Dame erforderte meine ganze Aufmerksamkeit.

Sie trug ebenso, wie ihr Vater und auch die anderen Gäste des Hauses an den anderen Tischen und ich, eines dieser robenartigen Mantelgewänder, wie man sie wohl in diesem Ambiente bevorzugte.

Alle diese Mäntel wurden nur durch einen Gürtel im Bereich der Taille zusammen gehalten, so auch der der Tochter ihres Vaters. Ihr Vater nannte sie Jasmin.

Jasmin schien über eine durchaus üppige Oberweite zu verfügen, denn der Mantel klaffte im oberen Bereich erheblich auseinander. Ich konnte es gar nicht vermeiden, zwischen ihre prallen Brüste zu blicken, die offensichtlich von keinem BH gehalten unter dem Mantel darauf warteten, in die Freiheit entlassen zu werden, um im Swimmingpool...

Es schien zumindest so, als würde sie gar nicht bemerken, was man da alles sehen konnte, oder es war für sie schon seit ihrer Kindheit völlig normal gewesen, sich in aller Öffentlichkeit fast nackt zu präsentieren. Sie plauderte mit einer selbstverständlichen Gelassenheit und bemerkte weder, wo ich hinzublicken im Stande war, noch, dass ich es gelegentlich tat.

Ihr Vater konnte aufgrund seiner Sehbehinderung gar nicht wahrnehmen, was ihm beim Anblick seiner Tochter so alles entging.

Ich gewahrte einen leichten Luftzug unter dem Tisch, an dem wir saßen. Weder Tür noch Fenster konnten dafür verantwortlich sein, und auch nicht der offene Kamin, der hinter mir vernehmlich knisterte. Sekunden später spürte ich eine Berührung an meiner linken Wade. Möglicherweise war eine Katze oder ein Hund unter unseren Tisch gekommen. Die junge Dame namens Jasmin und ihr Vater saßen so weit von mir entfernt, dass sie den Hund nicht bemerkt haben konnten.

Stutzig wurde ich erst, als ich bemerkte, dass diese Berührung anders war, als ein vorbei streichendes Tier. Die Berührung war warm und glatt, wie die Hand eines Menschen, nicht wie das Fell eines Tieres. Ich spürte nun eine Berührung an beiden Innenseiten der Waden, so als würde jemand mit den Händen an meine Waden herauf greifen, wobei ich wahrnahm, dass die Tischdecke sich direkt vor mir hob.

Meine Konversation mit dem alten Mann und seiner Tochter ging weiter, wie bisher. Ich wusste nicht, ob ich in irgendeiner Weise auf die ungewöhnlichen Vorkommnisse unter dem Tisch reagieren musste, sollte oder konnte. Konnte es möglich sein, dass Jasmin mit ihrem Fuß?

Nein, dazu saß sie zu weit von mir entfernt, auch wenn ich diesen Gedanken für äußerst reizvoll hielt.

So unauffällig wie möglich blickte ich an meinem Mantel hinunter und sah, wie sich eine zierliche Hand der Innenseite meines Oberschenkels näherte. Sekunden später wurde mir durch die Hand signalisiert, ich solle mit meinem Stuhl näher zum Tisch rücken, was ich so vorsichtig wie möglich tat.

Zierliche Hände mit rot lackierten Nägeln drückten meine Oberschenkel auseinander und ein schmaler weicher Körper zwängte sich dazwischen. Mein Schwanz, der schon aufgrund von Jasmins üppigen Brüsten mit mehr Blut gefüllt war, als ich meinem Darm zugestanden hatte, wurde plötzlich von etwas warmem feuchten aufgenommen, zärtlich von Zähnen berührt wohl hauptsäch-lich, um mir zu signalisieren, was sich da unter dem Tisch abspielen sollte.

„Eigentlich können wir unser Haus auf Ibiza gar nicht ausreichend nutzen!" hörte ich Jasmin gerade sagen, wobei sie mich ansah, als würde sie genau wissen, dass ich unter dem Tisch in einer höchst erfreulichen Art und Weise attackiert wurde.

„Vielleicht solltest du mich da unten einmal besuchen!"
Da unten besuchen...

Ich hatte da unten gerade Besuch, wie ihn sich ein jeder heterosexuelle Mann täglich mindestens einmal wünscht.

„Ja, das werde ich sicher tun." hörte ich mich gerade sagen, als die Dame unter dem Tisch damit begann, mir nach allen Regeln der Kunst einen zu blasen.

Jasmin grinste mich auf eine Weise an, wie sie es den ganzen Abend über noch nicht getan hatte, auf eine Weise, die mich dermaßen anmachte, dass mein Schwanz in diesem Augenblick geschwollen wäre, wenn dieses nicht schon längst...

„Stopp!"

Jasmin hatte es einfach so in den Raum gerufen.

Die Dame unter meinem Tisch hörte auf. Es hatten nur noch wenige Sekunden gefehlt und es wäre mir gekommen.

„Stopp, nicht so schnell, komm erst mal zu mir!"

Eine Kellnerin war hinter mich getreten und forderte mich auf, ihr zu folgen.

Der Schock der Ereignisse war so groß gewesen, dass mein Schwanz fast bis auf die Normalgröße zusammen geschrumpft war.

*Ohne eine verräterische Erektion offenbaren zu müssen, folgte ich der Kellnerin in einen kleinen Nebenraum an dessen Tür die Aufschrift prangte, **Achtung, Zutritt nur für Personal oder Gäste die dazu aufgefordert wurden.***

Der Raum war abgedunkelt und verfügte über eine kleine Klappe am Boden, die nur etwa achtzig Zentimeter hoch war.

Die Kellnerin öffnete mir die Klappe und sah mich auffordernd an.

Ich kroch durch die Öffnung und fand mich tatsächlich unter dem Tisch wieder, an dem ich Minuten zuvor noch gesessen hatte.

Eine Frau war sichtlich bemüht, Jasmins Vater einen zu wichsen, was aber gar nicht so einfach zu sein schien, zumindest konnte ich im Vorbeikriechen nicht erkennen, dass sich da viel regte.

Aber ich wusste, dass man auch Schwänze von absolut Impotenten erfolgreich wichsen konnte.

Jasmins Sitzposition brauchte ich nicht zu kennen, ihre Waden waren glatt und glänzten.

Kaum hatte ich ihre Waden berührt, spreizte sie auch schon auffordernd die Beine vor meinen sich weitenden Augen. In einem fast schwarzen Haardreieck gewahrte ich einen schmalen, sich langsam verbreiternden rosaroten Spalt, dem ich mich mit meinem Gesicht sofort näherte. Vorsichtig berührte ich ihre Oberschenkelinnenseiten mit meinen Lippen, was dazu führte, dass sie die Beine noch weiter spreizte und mir mit ihrem Becken weiter entgegen kam, so dass mich die Stuhlkante nicht stören konnte.

Während ich ihre Klitoris in immer engeren Kreisen umrundete, bemerkte ich, dass sich ihre Hände meinem Gesicht näherten.

Ohne auch nur einen Sekundenbruchteil in meinem Bemühen nachzulassen, gewahrte ich, dass sie mit zwei Fingern ihrer linken Hand vorsichtig - wahrscheinlich um mich nicht zu stören - über ihren Venushügel glitt, um mit einem festen Griff ihre Vulvalippen für mich zu weiten, was wohl tatsächlich augenblicklich zum Erfolg führte.

Ihre Finger machten mir das Viktoriezeichen, um wieder nach oben, aus meinem Blickfeld, zu verschwinden.

Ich kehrte zu meinem Sitzplatz zurück.

Sie saß aufrecht am Tisch, ihr Gesicht war gerötet und Schweißtropfen standen auf ihrer Stirn.

Sie lächelte mir entspannt entgegen. Es war jene Art von Lächeln, wie man sie nur erlebte, wenn man nach einer durchbumsten Nacht erwachte und schon wieder Anstalten machte, seinem Trieb nachzugehen. Nachdem ich mich gesetzt hatte, stand sie wortlos auf, wobei sie mir einen kurzen Blick auf ihre linke Brust einschließlich Brustwarze ermöglichte, was ein durchaus bewusst gesteuerter Vorgang gewesen sein musste, und verließ unseren Tisch, indem sie zielstrebig in dass Zimmer ging, von dem aus man durch diese Klappe unter den Tisch kriechen konnte.

Sekunden später knetete sie mit den Händen vorsichtig aber fordernd an meinem Sack herum, während ihre Lippen fordernd über die Eichel meines Schwanzes fuhren.

Um ihr so viel Bewegungsfreiheit wie möglich zu verschaffen, hatte ich meine Beine maximal gespreizt und hockte nur auf der Vorderkante des Stuhles.

Es gelang mir, an meinen Schenkeln vorbei zu greifen, unter ihren Armen hindurch, um direkt mit beiden Händen diese Möpse zu ergreifen, die mich schon den ganzen Abend um den Verstand gebracht hatten.

Sie ließ meinen Schwanz so tief in ihre Kehle gleiten, wie es aufgrund meiner Anatomie möglich war und was dann kam, hatte ich noch nie erlebt, ja ich hatte noch nicht einmal davon gelesen oder gehört, dass so etwas möglich war.

Mit blitzartig hintereinander ausgelösten Schluckperistaltiken, sie schien über gar keinen Würgereflex zu verfügen, reizte sie meine Eichel in einer so rasanten Geschwindigkeit, dass mir innerhalb von dreißig Sekunden einer abging, was mir nur in jungen Jahren beim Wichsen gelungen war.

Als es mir kam, zog sie meinen Schwanz aus ihrer Kehle, aber ließ ihn nicht aus ihrem Mund gleiten, sondern saugte auch noch den letzten Tropfen heraus.

Keine Minute später saß Jasmin mir wieder gegenüber lächelte mich an und öffnete ihren Mund. Die Zunge hatte sie wie einen Löffel geformt. Was ich auf der Zunge sah war nichts anderes, als genau das, was ich gerade abgespritzt hatte.
Sie griff nach einem Glas Martini und kippte mit einem Schluck beides hinunter.

„Das, mein Lieber, ist die einzige Art, Martini zu trinken!" "

Als es nur noch rauschte, brach Sarah das einsetzende Schweigen.

„Die einzige Art, Martini zu trinken, den muss ich mir merken."

Ich sagte erst mal nichts, würde aber sicher nicht Ruhe geben, bis ich wusste, woher Sarah diese Tondatei hatte.

„Wie kommst du eigentlich an diese Tonaufnahme? Sie ist fast zwanzig Jahre alt und ich dachte, dass es sie schon lange nicht mehr gibt."

Sie lachte mich auf eine Weise an, dass ich meine Frage später noch mal stellen würde.

„Da ist noch eine Sounddatei drauf, so weit ich weiß, mindestens noch eine!"

*

„*Eines musste man Susanne lassen, wenn es darum ging, ob man zu regelmäßigen sexuellen Betätigungen kam, war sie sicher von keiner mir zuvor bekannten Frau zu überbieten.*

Ein bis zweimal täglich sorgte sie für eine Ejakulation meinerseits, was zunächst einmal nichts damit zu tun hatte, was das Sexualleben zwischen Mann und Frau betraf.

Nun, immer dann wenn sie auch nur die geringste Lust verspürte, neigte sie dazu, mich darüber in allen erdenklichen Einzelheiten zu informieren, was so weit ging, dass sie immer und überall ihre Wünsche anmeldete, die ich, immer so gut ich konnte erfüllte.

Neben diesem normalen Sexualleben zwischen ihr und mir, gab es die sogenannte Kultur des zusätzlichen Abspritzens, wie sie es nannte, wobei es darum ging, dafür Sorge zu tragen, dass ich es nicht für nötig halten sollte, mich entweder für andere Frauen zu interessieren, oder masturbieren zu müssen.

Der Begriff Masturbieren wurde von ihr damals grundsätzlich angewandt, obwohl ich auch jederzeit Wörter wie onanieren oder wichsen akzeptiert hätte.

Es ist schon ein Leben, in dem man sich uneingeschränkt wohlfühlen kann, indem man sicher sein kann, dass einem zumindest einmal am Tag einer geblasen wird, oder diese Sicherheit, wenn man nach hause kommt, zumindest kurz einen abgewichst zu bekommen.

Der Körper stellt sich darauf ein, täglich die benötigte Menge Ejakulat zu produzieren und es wird einem nie langweilig.

Ich hatte es mir schon teilweise zur Gewohnheit gemacht, mit der einen Hand die Wohnungstür auf zu schließen und mit der anderen meine Hose aufzuknöpfen...

Als ich an diesem Abend nach hause kam empfing mich Susanne in einem Pullover, der bis zur Mitte ihrer Oberschenkel reichte.

Unter dem Pullover schien sie möglicher Weise ihre Jeans zu tragen oder...

Oder traf zu, denn als sich die Wohnungstür hinter mir schloss und meinen Schwanz heraus geholt hatte, zog sie sich den Pullover über den Kopf und zeigte mir damit, dass ich mich der Vermutung der kompletten Jeans völlig falsch gelegen hatte.

Ohne Pullover trug sie jetzt nur noch ein T-Shirt mit dem ihr zu empfehlen war, an einem dieser Miss-Wet-T-Shirt Wettbewerbe teil zu nehmen, und darunter einen blauen Strapsgürtel mit ebenfalls blauen Strapsbändern, an dem die abgeschnittenen Beine einer Jeans befestigt waren.

„Du musst mich heute bumsen! Ich will noch länger als sonst gebumst werden!"

Dieses noch länger als sonst bumsen war der Preis für meine ständigen Ejakulationen.

„Noch länger als sonst?"

„Klar, ich weiß auch schon, wie ich dir vorher mehr rauswichsen kann, als jemals zuvor!"

„Ach, das soll gehen? Du weißt doch, dass er nach einigen Spritzstößen aufhört, auch wenn du ihn weiter wichst!"

Wer sollte das besser wissen, als Susanne, die Frau, die mir wahrscheinlich schon öfter einen runtergeholt hatte, als ich selber.

Während dieses Gespräches hatte ich mich schon meiner Hose entledigt und mein Schwanz hatte sich aufgrund der Erwartungen zu einer prächtigen Latte aufgerichtet.

„Komm!"

Sie zog mich in das angrenzende Esszimmer, in dem ich sofort auf dem Tisch einige Kissen und Decken entdeckte, die da sonst nicht waren.

„Wir müssen es dir bequem machen, denn ich wollte es zunächst einmal in Seitenlage ausprobieren und ich will ja nicht, dass du deine Hüftknochen spürst, während du dich eigentlich auf deinen Schwanz konzentrieren solltest."

„Ich begreife im Moment noch nicht, wie du da mehr rausholen willst, als sonst!"

„Na, dann leg dich zunächst mal auf den Rücken!"

Kein Problem, ich legte mich auf den Tisch und ließ ihr meinen Schwanz entgegenstehen.

Sie senkte ihren Kopf darüber und ließ ihn vollständig in ihrem Mund verschwinden, übte einen äußerst starken Sog aus und zog den Kopf zurück, bis die Luft vernehmlich in ihren Mund eindrang.

Sie nahm meine Beine, schob sie sehr weit auseinander und beugte sie dann nach oben, um die Knie in der Nähe meiner Brust wieder zusammen zu bringen. Dieser Vorgang führte dazu, dass nun Schwanz, Sack und Arschloch frei zugänglich an der Hinterseite meiner Oberschenkel zu ihrer Verfügung standen.

„Bleib so, ich bin sofort zurück!"

Ich griff mit beiden Händen nach hinten und hielt mir mit der linken Hand den Sack fest, während ich mit rechts einige probierende Wichsbewegungen ausführte.

„So ungefähr!"

Susanne war zurück gekehrt und hielt einen ihrer breiten Gürtel in der linken Hand, den sie mir um die Oberschenkel legte, um sie relativ fest zusammen zu zurren.

„Meinst du, ich hätte sonst meine Beine in eine andere Position gebracht und wäre damit Gefahr gelaufen, dich zu behindern?"

„Nein, aber wenn die Oberschenkel fest zusammen sind, kann ich sicher sein, dass ich mit meinem Vorhaben Erfolg haben werde."

Sie drehte mich auf die Seite, so dass ich wirklich bequem liegen konnte, während mein Schwanz halb zwischen den Beinen ein geklemmt, nach hinten heraus ragte. Als sie sich über mich beugte, um mir einen runterzuholen, hatte ich eine gute Gelegenheit, ihr zwischen die Beine zu greifen. Sie wichste den Schwanz weder besonders intensiv, noch besonders schnell und ich konnte zunächst kaum einen Unterschied erkennen.

Ich griff unter ihr T-Shirt, um mir gefühlstechnisch noch einen zusätzlichen Kick zu verpassen, während ich auf ihr Haardreieck starrte, das sich direkt vor meinen Augen befand.

Unerwartet plötzlich bemerkte ich, ohne es bereits vorher gespürt zu haben, dass Susanne beim Wichsen des Schwanzes den Punkt überschritten haben musste, nach dem es kein Zurück mehr gab, nachdem er abspritzen würde, ob sie nun weiter wichste oder nicht. Sie wichste weiter und es kam mir auf eine Weise, wie ich sie noch nie zuvor erlebt hatte.

Es spritzte aus mir hervor, ohne großartige emotionelle Begleiterscheinungen, noch nicht einmal das seltsame Gefühl stellte sich ein, das man hatte, wenn einem der Schwanz weiter gewichst wurde, obwohl man schon abgespritzt hatte.

Tatsächlich hörte es nicht auf, dieses Gefühl des Entströmens. Ich hatte kaum bemerkt, dass Susanne ihn nach den ersten Pumpbewegungen in den Mund genommen hatte.

Meine Eichel steckte zwischen ihren Lippen, während sie wirklich nicht aufhörte es aus mir heraus zu wichsen, was auch tatsächlich zu funktionieren schien. Mein Orgasmus ließ an Intensität tatsächlich zu wünschen übrig, auch wenn die Menge des entströmten Ejakulats sicher mehr als des Doppelte des Normalen gewesen war.

Susanne richtete sich auf.

„Gibst du mir nun recht, oder nicht?"

„Du hast recht. Nur war der Orgasmus für mich nicht so intensiv, wie sonst. Die ganze Angelegenheit hatte etwas mechanisches, aber es kam wirklich mehr als ich für möglich gehalten hatte."

Sie lachte und ich sah, dass ihr zumindest eine Entladung voll ins Gesicht gegangen war, weil sie wahrscheinlich genau so überrascht von dem unerwarteten Ausbruch gewesen war, wie ich.

„Ich hätte vielleicht zählen sollen, wie oft ich schlucken musste, kam aber mit dem Schlucken kaum nach!"

Sie löste den breiten Gürtel, warf sich ihren Pullover über und band den Gürtel um ihre Taille.

„So, mein Lieber, jetzt werden wir losfahren und..."

Sie ließ den Rest des Satzes unausgesprochen im Raum stehen, drückte aber ihre Zunge von innen gegen ihre Wange, womit sie „einen Blasen" symbolisieren wollte.

Ich stand auf und griff nach meiner Hose.

„Ich weiß nicht, wenn du gebumst werden willst, wird es wahrscheinlich kaum möglich sein, mir vorher noch einen zu blasen, nach dem, was du aus mir herausgepumpt hast, bin ich gar nicht sicher, ob nicht vielleicht nur noch Luft kommen wird."

Das Bewusstsein um Susannes Kleidung war schon etwas, womit sich mein größtes Sexualorgan, nämlich das Gehirn seit wir unsere Wohnung verlassen hatten, beschäftigte.

Bisher hatte sie nur mich persönlich mit diesem Outfit überrascht.

Ich hatte mich zwar schon mal mit ihr in der Stadt getroffen und sie war mit diesem Bekleidungsdetail erschienen, aber an diesem Tat ging ich erstmals mit ihr in dem Bewusstsein los, dass sie unter dem Pullover nackt war, auch wenn ihre Beine mit den Beinteilen einer Jeans bedeckt waren. Als wir uns Wochen zuvor in der Stadt getroffen hatten, wäre ich gar nicht erst auf den Gedanken gekommen...

Nun war alles ganz anders.

Wir hatten gemeinsam das Haus verlassen und waren zu dem nahegelegenen Aussichtsturm gefahren, um ein wenig Hand in Hand durch die Natur zu schlendern.

Es waren noch einige andere Leute unterwegs und die Luft war sehr angenehm temperiert.

Immer wenn wir es in der freien Natur machten, sorgten wir erstens dafür, dass es sehr unwahrscheinlich war, dabei entdeckt zu werden und zweitens, dass keine spielenden und lärmenden Kinder in der Nähe waren, denn eine solche Geräuschkulisse war in höchstem Maße dazu angetan, mich so nachhaltig abzutörnen, dass an Bumsen nicht mehr zu denken gewesen wäre.

Susanne zog mich zur steilen Treppe des Turms und erklomm vor mir die Stufen.

Wenn ich für einige Sekunden die Besonderheit ihrer Kleidung vergessen hatte, wurde ich nun durch direkte Ansicht wieder daran erinnert.

Ihr geiler blanker Hintern bewegte sich direkt vor meinen Augen Stufe für Stufe die Treppe hinauf.

Susanne verfügte über so formvollendete Rundungen am Hintern, dass ich mir schon manches Mal einen fertig gemacht hatte, während ich ihren Hintern betrachtete und ihn mit der freien Hand streichelte.

Es war zwar selten vorgekommen das sie müde war, ansonsten hätte sie es sich nicht nehmen lassen, mir einen zu blasen oder runterzuholen, je nach Stimmung.

Die Aussichtsplattform hatte sich in den letzten Jahren kaum verändert und wir konnten von diesem Ort aus fast den ganzen See zu unseren Füßen sehen, auf dem noch einige späte Segler trotz der fast gänzlichen Windstille ihre langsamen Bahnen zogen.

In der Ferne hörte man das Aufheulen der Motorradmotoren - wie immer zogen begeisterte Motorradfahrer unbeirrt ihre Runden.

Mit einem Grinsen, das ich kannte, lehnte Susanne sich mit dem Hintern an das Geländer und sah mich forschend an.

Als ich mich weder bewegte, noch mich zu einer verbalen Äußerung hinreißen ließ, hob sie betont langsam mit beiden Händen den unteren Saum ihres Pullovers an.

Diese Geste musste sie in jeder Einzelheit vor dem Spiegel probiert haben, denn sie wusste ganz genau, was ich sehen musste.

Sie hielt genau bei dem erreichten Entblößungsstadium inne, in dem ich den ersten Hautstreifen ihrer Oberschenkel sehen konnte, den Hautstreifen, unter dem die Jeansbeine von blauen Strapsbändern gehalten wurden.

Mit einer übertrieben weit ausholenden Geste stellte sie das rechte Bein gut einen halben Meter nach rechts, während das Linke seine Position bei behielt.

Wie sie es bei diesem Bewegungsablauf schaffte, den Saum ihres Pullovers um keinen halben Zentimeter hoch- oder runterrutschen zu lassen, war und blieb eines ihrer kleinen Geheimnisse.

Ihre Hände begannen wieder langsam, langsamer als zuvor, den Saum weiter nach oben wandern zu lassen.

Sie wusste wieder ganz genau, in welchem Moment sie anhalten musste. Der Saum verharrte millimetergenau an der letztmöglichen Stelle, an der noch ihre Haarpracht bedeckt wurde, obwohl ich schon fast annahm, einige wenige Haare sehen zu können, oder ich bildete es mir nur ein, denn ich wusste ja schließlich genau, was für ein Anblick mich erwarten würde und trotzdem pulsierte mein Schwanz seit geraumer Zeit.

„Nun, lass ihn zunächst einmal raus, dann erst werde ich weiter machen!"

Ich tat ihr den Gefallen und mein Schwanz richtete sich leicht pulsierend zu seiner vollen Größe auf.

Mit einer entschlossenen Bewegung drehte sie sich um.

Diese Bewegung beinhaltete zum Einen, dass sie den Spreizwinkel ihrer Beine nicht veränderte und zum Anderen, dass sie nun den Pullover hinten hoch gezogen hatte und zwar so hoch, dass ich ihren ganzen blanken Hintern sehen konnte.

Sie beugte sich nach vorne und ich wusste ohne eine weitere Aufforderung, was nun zu tun war.

Ich ergriff von hinten ihre Hüften und ließ meinen stehenden Schwanz zwischen ihre Beine gleiten.

Mit einem schnellen kurzen Griff von vorne hatte sie ihn sich direkt eingeführt, was sie dadurch, dass sie mir ihren Hintern entgegen schob noch intensivierte."

„Wenn Frauen unten ohne sind – das scheint dich ja richtig zu beflügeln...“

„Klar, Sarah, was soll ich sagen? Ich habe meine sexuelle Präferenz zumindest genauestens erkundet. Ich weiß genau, welche Ereignisse wann und wo Einfluss hatten.“
„Da hast du recht, Ulrike meint, dass deine Bewusstheit dessen, was dich interessiert schon ungewöhnlich ist und dass dein Gedächtnis ein Vorteil wäre, allerdings beides zusammen auch hinderlich sein könnte und dass die Kunst wäre, beides zu nutzen, ohne eine Hinderung zu zu lassen.“

„Du hast mir immer noch nicht verraten, wie deine Schwester und du an diese Tonaufnahmen kommen. Ich hatte sie seinerzeit mit einer Bekannten aufgenommen, weil sie daraus Hörbücher machen wollte, für so ein Projekt, bei dem es um erzählten Sex gehen sollte.“

Den Subaru parkte ich in der Nähe der Fußgängsterzone.
Sarah und ich schlenderten in Richtung Eisdiele und redeten belangloses Zeug, bis sie unvermittelt zum Wesentlichen Thema zurück kehrte.

„Wie ist das so?"
„Gute Frage. Eigentlich ist es genau so, wie in meinen Träumen, wenn ich die Hose ausblende. Dadurch, dass mein Sack kahl rasiert ist, merke ich die kalte Luft überdeutlich. Mein Schwanz ist perfekt verpackt und kann nicht auf sich aufmerksam machen. Wenn ich dich ansehe, verstärkt das allerdings seine Tendenz zu wachsen."
„Gut, genau das wollte Ulrike erreichen und mit dir machen!"
Wir wichen einer entgegen kommenden Gruppe aus.
„Ulrike wollte dich in genau so eine Situation bringen und wäre heute an deiner Seite..."
„Ich weiß gar nicht, wie ich es sagen soll, Sarah! Ich fühle mich in deiner Gegenwart besser!"
Aus den Augenwinkeln sah ich, dass sie nickte.
„Da war Ulrike sich auch sicher."
Sie blieb vor einem Schaufenster für Damen Unterwäsche stehen und zwang mich nahezu, an ihrer Seite zu bleiben.

Mit der rechten Hand deutete sie auf die Schaufensterpuppen, von denen sie der Meinung war, ihr Entkleidungsstil könne mir gefallen, während sie mit ihrer Linken meinen Sack in die Hand nahm.

„Ich glaube, Ulrike wäre jetzt lieber hier. Schwester Karin hat wirklich ganze Arbeit geleistet. So glatt und die Kugeln so fest. Dein Schwanz an sicherer Stelle… Was macht er gerade?"

„Er hat fast maximale Größe erreicht und wünscht sich, dass er mehr Aufmerksamkeit bekommt."

Sarah drehte mich, dass wir uns frontal gegenüber standen.

„Greif doch mal in mein Kleid!"

Sie deutete auf die beiderseits überlappenden Knopfleisten, bei denen die Hinterseite jeweils über die vordere reichte.

So wie ich sie in meiner Wohnung am Fenster umarmt hatte, es war mir noch sehr angenehm in Erinnerung, tat ich es nun auch. Nur griff ich von vorne zwischen den Knöpfen durch, die meinen Händen ausreichend Platz boten.

Ihr Rücken war leicht feucht, als würde sie trotz der mäßigen Temperaturen schwitzen. An ihrer Lendenwirbelsäule trafen sich meine Hände.

„Halt mich!"

Sie drückte sich in einer Weise an mich, dass auch ich sie stärker drückte.

Meine Linke geriet dabei bis zu ihrer Michaelisraute und als sie noch tiefer rutschte, folgte ich mit meiner Rechten.

Sie war unter dem Kleid, zumindest unten rum nackt.

„Du weißt, dass es für mich keinen idealeren Bekleidungszustand gibt."

Meine Hände ergriffen beiderseits ihren Hintern.

„Klasse, Sarah – wenn er noch nicht maximal stehen würde – könnte ich mir vorstellen, dass er platzt."

„Na, hoffentlich explodiert er nur!"

Eine Hand ließ ich nach oben gleiten, kurz über dem Rippenbogen wurde es eng.

„Der BH ist im Kleid integriert!"

„Wenn du ein bisschen weiter am Sack spielst..."

Schnell nahm sie ihre Hand weg.

„Wenn mein Schwanz so weiter macht, ragt er noch oben aus dem Shirt."

„So einfach darf es nicht sein! Lass uns weiter gehen! Du musst dir keine Gedanken machen, heute ist Bloomsday und da wird es dir sicher noch gewaltig kommen!"

Sie hatte Recht und wenn ich mir einen wichsen musste.

„Ich bring dir Eis mit, du kannst dir ja noch einige Anregungen im Schaufenster holen!"

„Schade, dass ich unten nicht weiter nach vorne tasten konnte..."

„Warum?"

„Weil ich auf ein flauschiges Fließ gehofft habe!"

„Lass dich überraschen, du wirst nicht enttäuscht sein!"

Ich blickte sicher mehr ins Leere, als in das Schaufenster mit den Dessous, aber das konnte Sarah nicht wissen, als sie Minuten später mit zwei Eis in der Waffel zurück kehrte.

Das Eis, das sie mir reichte, bestand aus Malaga oben und After Eight unten.

Langsam gingen wir in Richtung Kirche, jeder sein Eis genussvoll schleckend, am Bloomsday.

Ohne unsere Schritte so wirklich richtig gelenkt zu haben, fanden wir uns vor der großen Kirchentreppe wieder.

Eine alte Frau kam uns entgegen und reichte Sarah wortlos den großen Schlüssel, den ich noch aus den Siebzigern kannte. Es war der Schlüssel für die Orgel.

„Na Leopold, fällt dir was ein, wenn wir jetzt *auf die Orgel* gehen?"

„Wie konntest du das einfädeln, mit dem Schlüssel? Ich hatte einen Freund, der war Organist..."

„Ist er aber nicht mehr, seit dem du mit ihm an einem Sonntag zum Hochamt da oben warst."

Indem sie das gesagt hatte, schloss sie auch schon die Tür auf.

Nach oben führte eine Wendeltreppe.

Wie lange war ich nicht mehr an diesem Ort gewesen?

Oben angekommen, konnte man aus der erhöhten Position den ganzen Raum der großen Hallenkirche bis zum Altar überblicken.

Auf einem Tisch neben der Bedientastatur der Orgel stand ein Teil, wie wir es früher als Kofferradio bezeichnet hatten.

Unter dem Tisch stand eine Reisetasche – ich dachte zuerst, es könne sich um Sarahs handeln, aber die hatten wir in meiner Wohnung gelassen, oder?

„Erinnerst du dich an dein Erlebnis hier mit deinem Freund und dessen Freundin Claudia? Aber zuvor wollen wir uns noch was anhören, was Ulrike sehr fasziniert hat."

Sarah hantierte an dem Kofferradio und es rauschte kurz, danach war meine Stimme zu hören.

*

„Das Gebimmel des Telefons störte ungemein.
Mechanisch griff meine linke Hand nach dem Hörer.
„Ja!"
„Hallo, ich bin 's Bettina!"
„Tut mir leid, vielleicht könntest du in einer halben Stunde wieder anrufen, ich kann gerade nicht!"
„Du kannst nicht, eigentlich wollte ich zu dir rüber kommen!"

„Nein, du störst, ich onaniere gerade!"
„Jeder hat sein Hobby!"
Klick, sie hatte aufgelegt.
Den Hörer legte ich zurück, auf die Gabel.
Wie sollte man sich genussvoll einen runterholen, wenn man dabei gestört wurde?
Ich drückte auf der Fernsteuerung des Video-Recorders die Taste für den Rücklauf.
Die Nackte auf dem Bildschirm bewegte sich abstrus schnell zurück und hatte in Windeseile wieder ihren Slip angezogen.
Klick...

Sie bewegte sich wieder normal und begann lasziv ihren Slip ab zu streifen.

Was ich nach getaner Arbeit brauchte, war eine Ejakulation zur Entspannung, nur so konnte ich zur Tagesordnung meiner Freizeit übergehen.

Außerdem war es mir seit Jahren gelungen auf diese Art eine Pollution zu vermeiden.

Wenn schon keine Frau...

Ich hielt meinen versteiften Schwanz in der rechten Hand, wichste ihn allerdings noch nicht.

Ein raschelndes Geräusch auf meinem Balkon, hinter dem Vorhang, der die geöffnete Tür verschloss.

Das konnte nur die Katze von Bianca sein, die sich wieder einmal auf meinen Balkon verirrt hatte.

Ich konzentrierte mich wieder auf das Geschehen auf dem Bildschirm.

Sie kämmte ihre Vulvahaare.

Der Vorhang vor dem Fenster wurde zur Seite geschoben und Bettina stand vor mir.

Mir schoss das Blut aus dem Schwanz scheinbar auf direktem Wege in den Kopf.

Hatte ich ihr nicht gesagt, ich wolle onanieren?

Ohne meinen schwindenden Schwanz besonderer Beachtung zu würdigen, setzte sie sich neben mich auf die Couch.

Ich hatte noch nicht einmal Gelegenheit gehabt, die Fernsteuerung des Video-Recorders dazu zu veranlassen, das Video zu beenden.

Bettina deutete auf den Bildschirm.

„Sieh hin!"

Mit ihrer rechten Hand versuchte sie meinen Schwanz wieder zum Stehen zu bringen.

Das konnte gar nicht wahr sein, ich träumte!

Ich hatte zwar immer ein besonders vertrauensvolles Verhältnis zu ihr gehabt, was mich auch dazu veranlasst hatte, ihr am Telefon die Wahrheit zu sagen, aber das.

„Du musst die Beine ein wenig spreizen, dann kann ich auch den Sack erreichen! Ob du onanierst oder ich dir einen wichse..."

Ohne zu zögern tat ich, wie mir geheißen.

Die Frau auf dem Bildschirm hatte den Kamm zur Seite gelegt und begann nun in aller Seelenruhe zu masturbieren.

Die nächsten zehn Minuten auf dem Video gefielen mir besonders gut.

Bettina glitt zu Boden und begann nun mit beiden Händen meine Genitalien zu bearbeiten. Ich hatte mittlerweile einen Ständer, der den bei weitem übertraf, den ich vor und bei Bettinas Eintreten gehabt hatte.

Mit leichtem Händedruck veranlasste sie mich, meine Beine noch weiter zu spreizen und so weit in dem Sessel nach vorne zu rutschen, dass sie noch mehr Bewegungsfreiheit bekam.

Mit einer Hand kugelte sie vorsichtig meine Eier und mit der anderen wichste sie unerträglich langsam meinen Schwanz.

Die Frau auf dem Bildschirm hatte ihre Vulvalippen auseinander gezogen und legte auf diese Weise ihren Kitzler und den Eingang zur Grotte frei.

Ich zuckte kurz zusammen, als Bettina bei einer etwas unbedachten Wichsbewegung mit ihrer Handinnenfläche über meine ungeschützte Eichel scheuerte.

Sie bemerkte mein Zucken und beugte sich nach vorne. Ihr Gesicht näherte sich meinem Schwanz. Sie spuckte auf meine Eichel und begann die zähe Flüssigkeit zu verteilen. Mit der einen Hand zog sie nun meinen Sack mit den Eiern nach unten, um meine Erektion noch zu verstärken, während sie mir mit der anderen Hand den Schwanz weiterhin aufreizend langsam wichste. Dabei rieb sie auch über die Eichel, die nun Dank ihrer Spucke keine Schmerzimpulse mehr an mein Gehirn meldete.

Bettina nutzte die ganze mögliche Länge meines Schwanzes und hatte noch einige Male nach gespuckt, so dass mein ganzer Schwanz nun von ihrer Spucke benetzt war.

Auf dem Bildschirm versank ihr Finger immer tiefer in der Fotze.

Bettina warf einen Blick nach hinten, um zu sehen, was mich dermaßen aufzugeilen vermochte.

Sie ließ meine Genitalien los.

Ihre Augen hatten einen eigenartigen Glanz, als sie mich ansah.

Sie stellte sich hin, sah meinen Ständer, den sie und das Video verursacht hatten und hob ihren langen Rock, langsam Zentimeter für Zentimeter hoch. Der Saum des Stoffes glitt unaufhaltsam an ihren Knien hoch und über ihre Oberschenkel immer höher.

Keinen Blick hatte ich mehr für den Fernseher übrig, auf dem weiterhin das Video flimmerte.

Der hinaufgleitende Saum des Kleides ließ mehr oder weniger erwartungsgemäß ihr behaartes Dreieck frei, das sich nun meinen Blicken unverhüllt präsentierte.
Bettina griff sich mit einer Hand zwischen die leicht gespreizt stehenden Beine und zog die großen Labien auseinander, um mir ihre rosarote Spalte zu zeigen."

Meine Stimme verstummte.

„Wo hast du diese Aufnahme her, Sarah? Ich wusste gar nicht, dass sie noch existiert."

„Weißt du, Leopold, Ulrike würde sagen, dass wir hier an diesem Ort genau richtig sind, um noch näher an das Ereignis zu kommen, das wir suchen."

Sie knöpfte das rote Kleid seitlich langsam auf.

„Ich finde es irre, dass du so offen über Sex geredet hast, auch schon vor so vielen Jahren!"

Dann holte sie was aus der Reisetasche.

„Es gibt sicher Frauen, die sich so einen wie dich wünschen, ich meine einen Typen, der sich einen wichsen lässt und dann ist gut!"

„Stimmt, seit einigen Jahren bin ich gar nicht mehr so ausschließlich auf Penetration fixiert, wie in jüngeren Jahren."

„Während ich mich umziehe, hören wir uns vielleicht noch eine deiner geil machenden Tonaufnahmen an!"

„Du hast vergessen, mir zu sagen, wo her diese Aufnahmen stammen!"

„Och!"

Sie schien gefunden zu haben, was sie suchte und legte einige Sachen auf den Tisch.

„Weißt du, wir fahren gleich noch in die Klosterbibliothek und darum kann ich dir jetzt noch nichts erklären! Aber du kannst die nächste Tondatei anwerfen!"

*

„Stella hatte sich ausgesprochen gut und aufreizend angezogen, wobei ja eigentlich das erste durch das zweite bedingt wurde.

Sie trug ein äußerst enges T-Shirt, mit dem sie ohne weiteres zu einer Miss-Wet-T-Shirt-Wahl antreten konnte. Der Stoff spannte sich über ihren Brustwarzen, die eine stärkere Wölbung aufwiesen, als normalerweise, was wohl mit der relativen Kälte im Hausflur zusammen hing.

Ihr Fernseher sei defekt, so sagte sie, daher wolle sie bei mir einen Film sehen.

„Lass dich durch mich nicht stören!"

Hatte sie nur gesagt und in einem Sessel Platz genommen.

Normalerweise war sie immer willkommen, wenn sie mich besuchte, aber nun...

„Was heißt hier, lass dich durch mich nicht stören!?"

„Ganz einfach, tu genau das, was du tun würdest, wenn ich nicht hier wäre! Ich will dich nicht stören!"

„Du musst verstehen, ich brauche einfach Zeit, die ich für mich verbringe, ich brauche nach einer arbeitsreichen Woche meine Ruhe!"

„Ich auch! Darum sage ich doch, dass wir uns einfach nicht durch den anderen stören lassen sollen! Ich wollte diesen Film sehen und das tue ich jetzt! Lass dich durch meine Anwesenheit nicht beeinträchtigen!"

Ziemlich hartnäckig diese Dame.

Ich hatte mir ein Magazin gekauft, eines dieser Magazine, die nur aus Bildern bestehen, bei denen man froh ist, dass es zwischen den einzelnen Seiten keine störenden Texte gibt.

Als sie geschellt hatte, war ich kurzerhand in meine Hose gesprungen und hatte ihr die Tür geöffnet. Immerhin hätte es sich um etwas Wichtiges handeln können.

Jedenfalls war ich wild entschlossen gewesen, den Besucher so schnell wie möglich abzuwimmeln, immerhin wollte ich nichts anderes, als eine halbe Stunde Ruhe, um mir Entspannung zu verschaffen.

Nun saß sie da, behauptete, mich nicht beeinträchtigen zu wollen und störte mich doch bei der persönlichen Entfaltung.

Blödsinn!

Sie war gekommen und hatte mich gestört!

Sie saß da, starrte in den Fernseher und vermittelte mir den Eindruck, mich wirklich nicht stören zu wollen.

„Du störst tatsächlich! Komm doch einfach in einer halben Stunde wieder, dann habe ich Zeit für dich!"

„Tu einfach so, als wenn ich nicht hier wäre, in einer halben Stunde hätte ich ja wohl auch den wichtigsten Teil des Filmes verpasst! Betrachte mich einfach als Luft!"

Das konnte sie tatsächlich haben.

Ich stand auf, zog meine Hose wieder aus und setzte mich wieder in den Sessel, neben dem, auf dem Tisch, dieses Magazin lag, mit der Titelseite nach unten, hinten war nur eine Werbung zu sehen.

Stella ließ sich nichts anmerken, als ich mich diesmal ohne Hose hinsetzte. Sie würdigte meinem Schwanz, den sie immerhin vom Strand her kannte, keine besondere Beachtung.

Sie hatte gesagt, sie wolle mich nicht stören, also ließ ich mich nicht stören.

Ich drehte das Magazin wieder so, dass ich die Titelseite vor mir liegen hatte.

Beach Front Special!
Es handelte sich um ein englisches Magazin.
Big Ones!
Schon auf dem Titelbild sah ich drei Bilder - es war kaum zu glauben, mit was für Möpsen...
Tatsächlich fand ich beim Blättern nur Frauen mit dicken Möpsen.
 Englische Magazine hatten einen unschätzbaren Vorteil gegenüber den deutschen - sie zeigten alles.
Ich begann zu blättern.
Ein Mädchen am Strand.
 Auf allen Bildern dieser Doppelseite hatte sie die Möpse entblößt und blickte direkt in die Kamera des Fotografen.

Ich blätterte.
Ein anderes Mädchen.
Auf beiden Seiten in fast identischer Pose.
Pralle Mädchenmöpse .
Möpse, wie sie die Natur eigentlich nicht hervorbrachte.

Ich blätterte.
Das selbe Mädchen.
 Beide Seiten füllend, lag sie am Rande eines Pools auf dem Rücken - pralle Möpse in den Himmel reckend und die Beine gespreizt.
 Zwischen ihrer dicht wachsenden Vulvabehaarung konnte man keine rosafarbene Spalte erkennen.

Ich blätterte.
Immer noch das selbe Mädchen sitzend, auf drei Bildern mit weit auseinander gezogenen Beinen.
Mein Schwanz begann zu pulsieren.

Ich blätterte.
Das selbe Mädchen.
Ich starrte ihr zwischen die Beine.

Ich blätterte.
Sie hatte eine Brustwarze nach oben gezogen, um sie sich in den Mund zustecken.
Ich blätterte.
Mit einer Hand hielt sie sich ihre Titte, mit der anderen griff sie sich in die Spalte.
Mein Schwanz wurde nun endgültig steif.

Stella sah zu mir herüber, sagte aber nichts.

Wenn ihr die Situation nicht passte, konnte sie ja gehen und später wieder kommen, wenn ich sie nicht mehr dabei störte, mich zu stören.
Ich blätterte...
Ein anderes Mädchen.
Dicke Möpse und keine Spalte.
Ich blätterte.
Immer noch die dicken Möpse, aber unten bekleidet.
Ich blätterte.
Jetzt unten ohne, mit dicken Möpsen, aber keinen Einblick gewährend.

Ich blätterte.
Immer noch das selbe Mädchen, au Mann!
Diese Möpse!

Ich griff nach meinem pulsierenden Schwanz.
 Dicke Möpse, die oben aus dem BH quollen und die Haare unterm Nabel so blond, wie die auf dem Kopf.

Ich blätterte.
Das selbe Mädchen.
 Doch endlich mit auseinander gestellten Beinen sitzend, diese Möpse!
Ihre kleinen Vulvalippen ragten zwischen den großen hervor.
Ich begann langsam meine Hand auf und nieder zu bewegen.

Ich blätterte.
 Ein neues Mädchen.
 Pralle Möpse, dunkle Haare, die sie auf einen Tisch gelegt hatte, während sie sonnenbebrillt nach oben sah.

Ich blätterte.
Das selbe Mädchen mit Sonnenbrille und gewaltigen Möpsen.
Ich blätterte.
 Jetzt konnte ich ihr zwischen die Beine starren, doch ihre Vulvahaare waren zu dunkel, um die Vulvalippen deutlich sehen zu können.

Ich blätterte.
 Ihre Augen hatte sie geschlossen, ihre Hände hatten sich den Haaren zwischen ihren Beinen genähert.

Ich blätterte.
Ein weiteres Mädchen.

Pink & Pumped Up!
Hatte man neben sie gedruckt.
Die Möpse waren wirklich operativ aufgeblasen, wie bislang bei allen Mädchen dieses Magazins.
Ich blätterte.
Geil!

Ich blätterte.
Dicke pralle Möpse.
Ich blätterte.
Ich blätterte.
Nein, irgendwie hatte ich keinen Bock, ab zu spritzen, angesichts dieser prallen Möpse!

Ich schloss das Magazin.
Tittenmagazin!

Die Möpse, die mir entgegen strebten waren alle nur mit Silikon aufgeblasen worden, was mich erheblich störte. Die Haut spannte sich in einer Weise, dass es schon fast schmerzhaft wirkte.

Als ich zum Schrank ging, fiel mir Stella wieder ein, die sich den Film ansah.

Sie saß in ihrem Sessel und starrte auf den Fernseher.

Bloomsday Therapie   *Leopold es Vedra*

Ich legte die Big-Apple-Ausgabe auf einen Stapel.

Was ich jetzt brauchte, war etwas Natürliches.
Ich stöberte kurz durch meine Sammlung und entschied mich dann für die amerikanischen Ausgaben.
Der amerikanische Weg Wichsdarstellungen zusammen zu stellen hat etwas für sich.

Best of Gallery!
GND of the Year!

Ich ging zurück zum Tisch.
Die Amerikanerinnen auf den Bildern waren natürlicher, als die silikonaufgeblasenen Engländerinnen des Bigmopsmagazins.

Ich blätterte.
Ja, das war schon etwas ganz Anderes.

Ich blätterte.
Irgendwas störte mich immer noch.
Ein weiteres Mal ging ich zum Schrank.
Ohne zu zögern griff ich zum französischen Stapel.

Sommaire!
Ich machte noch den Umweg über die Küche und brachte eine Rolle Küchentücher mit.

Gut!

Im Sessel angekommen begann ich wahllos zu blättern.
Gut, meiner *richtete sich schon bei der ersten Seite auf.*

 Sonia!
 Ein kurzes weißes Hemdchen hatte sie über ihre Brüste gezogen, Nippel die prall abstanden.
Kein Silikon, keine Überdimensionalität.
 Grazil hatte sie - wie zufällig - die Beine gespreizt. Unterhalb ihres Haardreieckes schien sie sich die großen Vulvalippen rasiert zu haben.

Ich blätterte.
Tracy
Ihre Fotze brachte ihn mir so richtig hoch.
Auf drei Bildern war keine einzige Brustwarze zu sehen.

Ich blätterte.
Mit den Fingern beider Hände teilte sie ihre Spalte.

Ich begann zu wichsen.
Ich blätterte.
Auf den nächsten Seiten sah man Tracy masturbieren.
Ich wichste meinen Schwanz.
Ich blätterte.
Geil!
Ein anderes Mädchen.
 Sie zeigte was sie hatte und spielte direkt mit den Fingern in ihrer Spalte.
Ich wichste schneller.
 Ich blätterte.

Judith!
Sie stand mit leicht gespreizten Beinen vor mir.
Ich starrte ihr zwischen die Beine.

Ich blätterte.
Bei französischen Frauen konnten mich auch BH und Slip nicht stören, sie geilten mich einfach auf.

Isabelle!
Sie lag auf dem Rücken auf einem weißen Campinggestühl und war mit einem roten BH und Slip bekleidet.
Bekleidet war wohl übertrieben.
Die linke Brust schaute aus dem BH um zu signalisieren, dass sie eigentlich gar keinen brauchte und den roten Slip hatte Isabelle - wenn sie überhaupt Isabelle hieß - mit der rechten Hand so in den Spalt gezogen, dass...

Es kam mir.
Isabelle hatte mir den Kick gegeben, der dazu führte, dass es kein Zurück mehr gab.

Die erste eruptive Ladung ejakulierte aus meinem Schwanz hervor...
Also wichste ich weiter - unablässig das Bild mit Isabelle anstarrend, bis wirklich nichts mehr kam und meine eigenen Wichsbewegungen lästig wurden.

Achtlos legte ich Isabelle zur Seite, während ich das Magazin zuklappte.

Nach einer Weile ging ich ins Badezimmer, um mir den Schwanz zu waschen.

Als ich zurück kam, saß Stella noch genau in der selben Position vor dem Fernseher, in der ich sie verlassen hatte.

Ich hatte immer noch keine Hose an und setzte mich wieder in den Sessel, in dem ich zuvor gewichst hatte.

Meine Latte hatte sich zurück gebildet, aber immer noch nicht den Originalzustand erreicht.

„Ich bin gleich zurück!"

Mit diesen Worten stand Stella auf als die Werbung begann und verließ meine Wohnung, ohne die Tür hinter sich ins Schloss zu ziehen.

Minuten später kam sie zurück, diesmal die Eingangstür hinter sich vernehmlich ins Schloss fallen lassend.

Sie trug ein langes relativ weit geschnittenes T-Shirt, in dem sie sich ebenfalls gut zu einem Miss-Wet-T-Shirt-Wettbewerb begeben haben könnte.

Die enge Leggings trug sie nicht mehr.

Sie setzte sich in den Sessel von dem aus sie den Fernseher angestarrt hatte und stellte ihre Beine vor ihrem Hintern auf die Sitzfläche.

Mein Schwanz hatte sich nun vollends zu seiner Ausgangs-größe zurück geschrumpft, als ich aufstand, um etwas zu trinken aus dem Schrank neben dem Fernseher zu holen.

Auf dem Rückweg fiel mein Blick mehr zufällig auf Stella und das was ich erblickte, ließ mir förmlich das Blut in den Gefäßen gefrieren, vielleicht auch mein Herz jagen, dass das Blut mit einer affenartigen Geschwindigkeit durch die Gefäße raste.

Stella war unten ohne in mein Apartment zurück gekehrt.

Sie hatte eine Hand zwischen die Beine rutschen lassen und ruderte nun gefühlvoll langsam mit ihren Fingern in ihrer feuchten Spalte.

Ich hatte nicht einmal bemerkt, dass sie mit unbekleideter Fotze zurück gekommen war.

Mein Schwanz schwoll so schnell an...

Sie sah mich an, der ich mit Erektion vor ihr stehen blieb, während sie masturbierte.

Mein Schwanz stand.

Ich kniete mich vor ihr auf den Boden, um alles was sie tat besser beobachten zu können und griff nach meinem Schwanz, um wieder mit den gewohnten Wichsbewegungen zu beginnen.

Eine Live-Show *war natürlich viel mehr dazu angetan, einen auf zu geilen, als die Wichsvorlagen in welcher Form man sie auch immer konsumierte.*

Stella sah mich an und schüttelte den Kopf.

Mit der freien Hand griff sie in den Ausschnitt ihres T-Shirts und holte etwas aus dem BH, den sie jetzt trug.

Ich erkannte, dass sie einen Pariser auspackte, den ich anstandslos entgegen nahm.

Ich rollte ihn mir über den Schwanz und rutschte auf meinen Knien näher zu ihr hin.

Sie änderte ihre Sitzposition, indem sie ihre Füße etwas weiter auseinander stellte und mit dem Hintern ein gutes Stück näher zum Rande des Sessels rutschte.

Ich steckte meinen Schwanz vorsichtig in ihre nass geriebene Spalte und begann äußerst vorsichtig mit diesen Stoßbewegungen, die diese Eruption zur Folge haben würden, die der Pariser auffangen sollte.

Eigentlich kannte ich Stella noch nicht sehr lange. Gut ich war ihr einige Male im Treppenhaus begegnet, hatte ihr ihren Wagen Mal angeschoben und sie auf einigen Feten getroffen. Ich hatte sie einige Male besucht und sie hatte mich besucht.

Ja, ich fand sie ganz nett, hatte auch schon 'mal beim Wichsen an sie gedacht.

Ich war durch sie aufgegeilt worden und nun bumste ich mit ihr.

Ich stieß zu, wie ich es normalerweise nur tat, nachdem eine Frau ihren Orgasmus gehabt hatte, um zu meinem ejakulativen Ende zu kommen, aber ich hatte mir noch vor wenigen Minuten einen runtergeholt, konnte also im wahrsten Sinne des Wortes abgewichst an die Sache heran gehen.

Stella begann nach einiger Zeit zu stöhnen, schrie und krallte sich in den Sessellehnen fest. Sie zuckte konvulsivisch und ich stieß langsamer und intensiver zu.

Als sie sich entspannte, schob sie mich weg, und mein Schwanz verließ den warmen Ort der Vereinigung, um nun relativ nutzlos zwischen uns zu stehen.

Sie konnte es offensichtlich nicht haben, weiter gebumst zu werden, nachdem sie gekommen war.

Sie verließ den Sessel und kam zu mir auf den Boden.

Neben mir hockend streichelte sie mit einer Hand ihre Fotze sehr sanft, um die Refraktärphase zu verlangsamen und griff mit zwei Fingern und dem Daumen der anderen Hand meinen pariserbewehrten Schwanz um ihn mit einem kurzen Griff vom Pariser zu befreien.

„Ich liebe es, wenn die warme Suppe über meine Finger fließt!"

Sie bewegte meinen Schwanz in alle Richtungen, strich einmal mit ihren Fingern die ganze Länge entlang, um dann mit schnellen Wichsbewegungen zu beginnen.

Sie wichste bei blankgezogener Eichel meinen Penisschaft mit geringstmöglichen Bewegungen und wurde dabei immer schneller.

Alle Frauen wichsen ihn einem anders.

Es ist geil ihn sich von einer Frau wichsen zu lassen.

Vanessa hatte sich beim ersten Mal so ungeschickt angestellt, dass ich nach einigen Minuten ihre Hand weg geschoben hatte, um ihr einmal vorzumachen, wie man es tat. Ich hatte ihr genau gezeigt, wie ich ihn wichste und sie dann wieder ans Werk gelassen. Da ich aber vergessen hatte, ihr zu sagen, dass sie zunächst weiter wichsen sollte, wenn es mir dann kam, hatte sie erschreckt meinen Schwanz los gelassen und sich die Bescherung angesehen, die allerdings ziemlich dürftig ausgefallen war.

Diese Vanessaerfahrung hatte dazu geführt, dass ich danach immer bereit war, in vergleichbaren Situationen selbst Hand an zu legen, mir also, wenn die Frau losließ, selbst einen ab zu wichsen."

Rauschen!

Einerseits von der Tonaufnahme, andererseits in meinem Kopf.

Sarah hatte das rote Kleid zur Seite gelegt und stand nun nackt auf der Empore.

Sie drehte mir wohl bewusst den Rücken zu.

Ihr Anblick von hinten hätte mir locker gereicht, ich hätte mir einen runterholen können, es hätte keines weiteren Stimulanz bedurft.

So formvollendet wünschte ich mir Frauenkörper schon immer.

Wann waren diese Tonaufnahmen entstanden und wie konnten sie in unberechtigte Hände geraten?

Ich erinnerte mich, dass das gut zwanzig Jahre alte Tondokumente waren. Ich hatte sie schon fast vergessen und konnte mir nicht erklären, woher Sarah sie haben konnte.

Allerdings wusste ich, dass es noch mehr Tondateien, obwohl das Wort ziemlich neu war, geben musste.

Sarah hatte Strümpfe über ihre Beine bis nach oben gerollt und befestigte sie nun an einem schwarzen Strapsgürtel, den sie wohl schon vorher angelegt hatte.

Ein schwarzer BH folgte.
Was sollte das werden?

„Hat dir was die Sprache verschlagen, Leopold? Wag es nicht, dir einfach einen zu wichsen, das kommt alles später!"

Sarah hatte eine Jacke angezogen, wie sie gut zum Kostüm ihrer Schwester gepasst hätte.
Dann begann sie an ihren schönen langen Haaren herum zu hantieren, bis sie sie hoch gesteckt hatte, wie bei *Seven of Nine*.

Als sie zu ihrer Brille griff, war die Verwandlung komplett.
Ich brauchte die Puzzleteile gar nicht mehr zusammen zu fügen.
Sie hatte mir in der *Praxis ihrer Schwester* selbstverständlich genau den Kaffee präsentiert, den ich immer trank.
Sie hatte mit einer Selbstverständlichkeit von den Wünschen und Empfindungen ihrer Schwester erzählt, dass das nur den einen Schluss zugelassen hatte.
Und sie wusste genau, wann sie welche Rolle zu übernehmen hatte.

„So, dann können wir ja jetzt in die Pizzeria gehen, ich hatte, wie sie bereits wissen, geplant mit ihnen am Bloomsday eine Pizza zu essen!"

„Vielleicht sollten sie mir sagen, warum wir in der Kirche gelandet sind und ob ich ihre nette Schwester noch mal treffen kann."

Frau Northeim drehte sich erst um, nachdem sie den zu ihrem Rechtsanwältinnenkostüm gehörenden Rock angelegt hatte, der wohl so eine Art Wickelrock war und über den Knien endete.
Sie lachte mich an und kam auf mich zu.
„Da ich nicht davon ausgehe, dass sie Schwester Karin wieder treffen wollen, obwohl ich auch das verstehe..."

Sie griff tatsächlich nach meinem glatt rasierten Sack, „sondern, dass es ihnen um meine liebe Schwester Sarah geht..."
Ihre Finger drückten nun auf die Schwellkörper in meinem Penisschaft, was zu einer Verstärkung der ohnehin maximalen Erektion führte, die durch den Nierengurt kontrolliert wurde.
„Ich kann ihnen versichern, Sarah will sie auch wieder sehen, spätestens, wenn wir alle wissen, was wir wissen müssen. Sie hat die Stunden mit ihnen genossen!"

Ich wusste zwar nicht, was es da zu genießen gegeben hatte, sagte aber erst mal nichts.

„Wir sollten die Reisetasche erst mal in ihrem Vehikel abstellen und das Gerät auch! Dann gehen wir in die Pizzeria."

Wir hatten die Reisetasche und den Ghettoblaster in meinen Subaru gebracht. Ich hatte die hintere Sitzbank bereits vor Tagen umgeklappt und eine passende dünne Matratze auf die ganze Ladefläche gelegt, weil ich zur Sommersonnenwende, wie jedes Jahr, zu den Externsteinen fahren wollte.

Die Pizzeria war keine 100 Meter entfernt.

Meine Hose, die ich von Sarah erhalten hatte, ließ mich bewusst langsamer und vorsichtiger gehen.

Frau Dr. Northeim schien das zu berücksichtigen, denn sie blieb die ganze Strecke nah an meiner Seite.

„Warum beginnen wir ausgerechnet heute mit der Konfrontationstherapie? Gibt es dafür nachvollziehbare Gründe?"

Frau Northeim blieb stehen.

„Es ist tatsächlich nicht so einfach. Wir haben alles Mögliche versucht und hatten letztlich mit Hypnose einen Teilerfolg. Wir hatten die ganze Zeit nach einer traumatischen Erfahrung gesucht, die mit einer psychischen Verletzung einherging. Und dann sollte es mit ihrer Blöße, oder besser Entblößung, oder unfreiwilligen Entblößung zu tun haben."

„Das habe ich aber nie für möglich gehalten!"

„Ich weiß, darum haben wir ja auch so lange gesucht. Außerdem war und bin ich mir sicher, dass aufgrund der emotionalen Komponente, die alles in der Kindheit überlagert, genau da der Hebel zu finden ist."

Sie nahm wieder meinen Sack in die Hand.

„Und wenn alles funktioniert, können sie schon in wenigen Stunden wieder ihrem normalen Leben nachgehen, Sarah treffen und einen Teil der ausgesetzten Belohnung mit ihr durchbringen – Ibiza fällt mir da ein!"

Ich erinnerte mich, dass die ganze Aktion, das monatelange Gehen zu Frau Northeim einen höheren Ziel dienen sollte. Ich hatte es tatsächlich fast aus den Augen verloren.

Wobei höheres Ziel war vielleicht auch nicht richtig ausgedrückt, aber es gab ein Ziel und das hatte mit einer Information aus dem Dezember 1965 zu tun, fast 40 Jahre waren seit dem vergangen…

„Ihre Traumata können wir ja danach jeder Zeit angehen, ich kann mir vorstellen, dass Sarah da auch gut mit zurecht kommt!"

Sie ließ meinen Sack los, nachdem sie meine Hoden intensiv betastet hatte, als wolle sie genau fühlen, ob die Nebenhoden auch an der richtigen Stelle saßen.

In der Pizzeria bestellte Frau Dr. Northeim eine Karaffe Rotwein, während ich, wie fast immer, Kaffee bestellte.

Einem unguten Gefühl folgend bestellte ich mir nur eine Tomatensuppe. Ohne es spezifizieren zu können, hatte ich dieses ungute Gefühl und im Laufe vieler Jahre die Erfahrung gemacht, solche Gefühle nicht zu unterdrücken.

Das ungute Gefühl bezog sich allerdings auf unser Ziel, nicht auf Frau Dr. Northeim oder ihre Schwester Sarah.

„Wir gingen eben über den Platz vor der Kirche, ich kann mich da düster an einen Traum erinnern, den sie mir erzählt haben. Im Traum waren sie in dieser Eisdiele, erzählen sie ihn doch mal!"
Ich dachte kurz nach. Sollte ich ihr den Traum noch einmal erzählen?

Warum nicht.
„Ja, die Eisdiele war allerdings völlig anders positioniert, sie befand sich direkt vor dem Eingang zur Passage!"
Ich dachte noch einmal kurz nach, dann begann ich zu berichten.

*

„Ich stand auf einem Platz inmitten einer Stadt, die ich nicht kannte.

Um mich herum herrschte das übliche Treiben, das man in jeder Stadt dieser Größenordnung finden konnte.

Straßencafés hatten wegen des ausgesprochen guten Wetters geöffnet.

Wenn ich schon `mal hier war...

Warum sollte ich nicht in einem dieser Cafés einen Tee trinken?

Ich tastete gewohnheitsgemäß nach meiner Geldbörse, die ich üblicherweise in der linken Gesäßtasche meiner Hose trug.

Sicher, den Tee auch bezahlen zu können, setzte ich mich an einen freien Tisch.

Die Kellnerin war von ausgesprochener Schönheit, wie man sie, in Verbindung mit einer nahezu vollkommenen Wohlproportioniertheit, selten zu Gesicht bekommt.

Ich blätterte in der Karte und bestellte einen 'Smoke-Tea'.

Hätte ich gewusst, was man unter einem 'Smoke-Tea' zu verstehen hatte, hätte ich wahrscheinlich die selbe Wahl getroffen.

Nach wenigen Minuten kehrte die attraktive Kellnerin zurück.

Ich vergaß noch anzumerken, dass sie zu den außergewöhnlichen Frauen gehörte, deren Erscheinungsbild mich zu ausgesprochenen Bumsphantasien veranlassen konnte.

Normalerweise war es äußerst selten, dass mir eine Frau begegnete, die mir gut genug gefiel, dass ich daran zu denken im Stande war, mit ihr ins Bett zu gehen.

Dieser Umstand wog so schwer, dass man durch die Außergewöhnlichkeit dieser Frau auch alle weiteren Geschehnisse erklären kann, zumindest aber die Tatsache, dass ich sie zuließ.

Auf den ersten Blick erkannte ich, dass es sich mit absoluter Sicherheit um die selbe Frau handeln musste, obwohl sie sich vollständig umgezogen zu haben schien, denn ihr derzeitiges Outfit hatte ich garantiert nicht übersehen können.

Auf das breite Band, das ihre Haare zusammengehalten hatte, verzichtete sie, zu Gunsten einer üppigen Mähne. Die Schürze, die sie zuvor getragen hatte, war noch an ihrem Platz, aber das darunter befindliche schwarze Kleid war verschwunden, an seiner Stelle war blanke Haut zu erkennen, die nur von wenigen schwarzen Stellen unterbrochen wurde.

So unauffällig es mir möglich war, sah ich mich um.

Niemand außer mir schien die Veränderung der Kellnerin bemerkt zu haben!

Bildete ich mir das was ich sah nur ein?

Spielte mir meine geile Phantasie einen Streich?

Verstohlen sah ich mich erneut um.

Niemand schien die Kellnerin zu beachten.

Niemand außer mir schien sie so zu sehen, wie ich sie sah.

Ich ließ mir nichts anmerken und versuchte sie nicht allzu auffällig anzustarren, was angesichts des gebotenen visuellen Reizes leichter gesagt war, als getan.

Ihre Brüste wurden nicht mehr von ihrem BH gehalten, dessen Nähte ich auf der Oberfläche ihres Kleides, unter der weißen Schürze abgemalt gesehen hatte, sondern ragten nun völlig ungehindert, der Schwerkraft des Planeten trotzend, in den freien Raum zwischen ihr und mir, wurden an den mittleren Halbkugeln nur von der weißen Schürze berührt und bedeckt, die die nun aufgerichteten Warzen aber frei ließ.

133

Hatte ich zuvor schon daran gedacht, wie attraktiv diese Frau war, wie sehr sie einen Mann - im Vollbesitz seines männlichen Seins - berühren konnte, musste ich nun feststellen, wie schnell mir das Blut in den Penis schoss.

Eine beginnende Erektion machte sich bemerkbar, die versuchte die Knöpfe der Hose davon zu katapultieren.

Die Frau kam näher, ein Tablett haltend, auf dem ein dampfender Tee zu erkennen war, sicherlich mein 'Smoke-Tea'.

Konnte mir meine Einbildung einen solchen Streich spielen?

Verlor ich allmählich den Verstand, oder zumindest das, was davon zur Zeit noch übrig war?

Unter ihrer weißen Schürze war nur noch ein Strapsgürtel zu erkennen, an dessen Bändern schwarze Strümpfe befestigt waren.

Kein Slip!

Ich beschloss, mir weiterhin nichts anmerken zu lassen und mich so zu verhalten, als wäre die Frau angezogen, wie noch vor wenigen Minuten.

Niemand schien ihrer Erscheinung auch nur die geringste Beachtung zu zollen.

Ich wusste genau, dass ich mich nicht in den Vereinigten Staaten befand, sonst hätte ich mich unweigerlich nach Playboys versteckter Kamera umgesehen.

Sie kam nun von der Seite zu mir, um mir den Tee zu servieren.

„Der Smoke-Tea mein Herr!"

Sie beugte sich vor.

Ihre Brüste kamen meinen Augen ziemlich nahe.

Niemand sah es, nur ich.

Sie stellte eine dampfende Tasse Tee auf den Tisch.

So unauffällig, wie es mir möglich war, sah ich an ihrer unbekleideten Seite hinunter, um mich des fehlenden Kleides zu vergewissern.

Sie war nackt, daran bestand nicht der geringste Zweifel!

Mit einer Hand hatte sie nach der Karte gegriffen.

Ich betrachtete gerade ihren nackten Schenkel, der zwischen dem Strapsgürtel, den Strumpfbändern und den Strümpfen hervorlugte, als sie eine heftige Bewegung vollführte - wohl, um die Karte zu halten, die ihr entglitten zu sein schien und vernehmlich zu Boden stürzte.

Sofort kniete sie sich auf den Boden, nachdem sie achtlos ihre Schürze abgerissen hatte, um sie von sich zu werfen.

Nein, nun drohte ich wirklich den Verstand zu verlieren.

Da sie neben mir gestanden hatte, kniete sie sich nun auch neben mir zu Boden - direkt neben mir war ihr nackter Hintern zu sehen, den sie nun nach oben zu strecken schien.

Ja, sie streckte diesen wunderbaren Hintern nach hinten, als wolle sie mich dazu einladen, sie von hinten zu stoßen.

Am vorderen Ende ihrer hinternbildenden Kerbe lugten Haare hervor, die sicherlich ganz vorne in einem wunderbaren Dreieck endeten.

Ich atmete tief durch und schloss die Augen.

Entweder träumte ich, oder ich hatte tatsächlich vor lauter Geilheit den Verstand verloren.

Allerdings war mir nicht bekannt, dass es psychopathologische Krankheitsbilder gab, deren Symptomatik mit so realistischen Sexphantasien einherging.

Ich spürte deutlich eine Berührung meiner Hose von außen.

Knöpfe wurden geöffnet und mit gezielten Bewegungen nach meinem erigierten Penis gefahndet.

Ich wollte es einfach nicht glauben.

Mit weit aufgerissenen Augen sah ich dass sie tatsächlich meinen aufgerichteten Schwanz aus der Hose geangelt hatte und die Vorhaut zurückzog, um die Eichel bloß zu legen.

Meine Erektion nahm noch zu.

Langsam näherte sie sich mit ihrem Kopf meiner momentanen Versteifung und öffnete dabei den Mund.

Nein, das konnte es einfach nicht geben, nicht hier und jetzt und auch nicht andernorts zu einem anderen Zeitpunkt.

Warm und glitschig stülpten sich ihre Lippen über meine Eichel.

Wärme umschloss ihn, hielt ihn fest, blies ihn, sog an ihm...
Alles gleichzeitig und in beliebiger Reihenfolge.

'Smoke-Tea!'

Was ich bekam, war ein Smoke!

Ihre Lippen bewegten sich sanft über meine Eichel.

Sie sog und blies langsam aber stetig, mir die schönsten Wonnen bereitend.

Meine Hand griff nach ihrem Hintern.

Was für ein Hintern?

Dieser Hintern fühlte sich stramm an unter samtweicher Haut.

Mit geschlossenen Augen atmete ich tief ein und aus.

Meine Hand glitt von hinten in ihre haarige feuchte Spalte, um sie zu teilen und nach dem Lustzentrum zu suchen.

Mir begegneten ihre eigenen Finger, denn sie schien bereits damit beschäftigt zu sein, sich selbst ebenso wie mir, höchste Genüsse zu verschaffen.

Mit meinem Mittelfinger drang ich tief in sie ein, weil am Kitzler sicherlich wesentlich qualifizierter stimuliert wurde, als es meiner Hand möglich gewesen wäre.

Während sie sich aufrichtete und ich meinen Stuhl, auf dem ich saß einen halben Meter zurückschob, veränderte sie ihre Position dahingehend, dass meine andere Hand nun unter ihrer Schulter durchgreifen konnte, um eine ihrer Brüste zu erreichen.

Das ständige warmfeuchte Blasen und Saugen an meinem Penis wurde immer intensiver und wilder.

Ja sie wurde schneller und fordernder.

Immer fordernder, um mir den Saft des Lebens abzuverlangen, um mich leer zu saugen.

Meine linke hielt ihre Brust, während mein rechter Mittelfinger tief in ihrer Möse rührte.

Die Welt um mich herum war versunken.

Was ich außer dieser Frau und meiner Lust wahrnahm, war alles so weit weg, dass ich es nicht mehr für real hielt.

Das wohlbekannte Gefühl baute sich auf, wurde immer stärker, immer intensiver, sich dem Punkt nähernd, der kein Zurück mehr zuließ.

Ich wollte es halten, wollte dieses Gefühl konservieren und wusste doch, dass es wieder verschwinden würde, nachdem der Höhepunkt erreicht worden war.

Ich tat alles, um dem Punkt des no Returns zu entgehen, um ihn nicht zu überschreiten.

Mit ihrer freien Hand griff sie sich nun meine Eier.

Die wechselnden Blas- und Saugbewegungen an meinem Penis hatten eine Geschwindigkeit erreicht, die mir keine Möglichkeit mehr offen ließ, als mich dem immer intensiver werdenden Gefühl zu ergeben.

Nein, es gab nun tatsächlich kein Zurück mehr.

Sie bemerkte es und zog ihren Mund geschlossen zurück, als sie die erste Pumpbewegung an meinen Eiern spürte.

Schneller, als sie geblasen hatte, wichste sie mir nun mit der Hand einen ab.

Explosionsartig kam die Erlösung.

Es schoss aus mir hervor.

Ich spritzte!

Die erste Ladung ging in ihre Haare.

Sie lachte mich an.

Die zweite traf ihre Stirn und rann langsam an ihrem Auge vorbei.

Sie hörte nicht auf.

Ich bekam einen abgewichst, bis tatsächlich nichts mehr kam, bis genau zu dem Zeitpunkt, an dem einem die Wichsbewegungen lästig zu werden begannen, bis zu dem Zeitpunkt, an dem man selber aufhören würde zu wichsen, wenn man sich einen runterholte.

Sie hörte genau im richtigen Moment auf und stellte sich hin.

Mit den Händen stützte sie sich nach hinten auf dem kleinen Tisch ab, auf dem der Tee aufgehört hatte, zu dampfen und stand nun mit gespreizten Beinen vor mir, mich mit ihrem wohlbehaarten Haardreieck provozierend, das sie mir entgegen streckte.

„Ich heiße Laila!"

Wir schwiegen eine Weile, nachdem ich ihr den *Traum* noch einmal erzählt hatte.

„Ich finde es bemerkenswert, dass sie dabei einen Abgang hatten, dann war es sicher kein normaler Traum, sie hatten ja erwähnt...“

„Das stimmt, ich hatte eigentlich nur ein einziges Mal im Traum so richtig abgespritzt, das war im Übrigen auch der erste und einzige Coitus interruptus, der mir gelungen ist. Nur im Traum, im richtigen Leben hat es tatsächlich nicht ein einziges Mal richtig geklappt.“

„Dann war der gerade erzählte Traum etwas Anderes?“

Ich musste nachdenken.

„Ja, es war mehr ein Zwischenzustand zwischen Traum im Schlaf und so was wie einer Astralreise.“

Sie trank einen Schluck Wein.

„Ihr habt damals Tonaufnahmen gemacht, die eigentlich, vor der Zeit der Hörbücher ungewöhnlich waren!“

„Ja, Meghan wollte solche Aufnahmen für nächtliche Radiosendungen...“

Frau Dr. Northeim brachte es fertig, meine ganze Aufmerksamkeit auf ihre rechte Hand zu ziehen, während sie mit ihrer Linken wieder meinen Sack ergriff.

„Die hören wir uns gleich auf dem Weg zum Kloster an, diese Erzählung korrespondiert in interessanter Weise mit dem einen Erlebnis, das sie meiner Schwester erzählt haben, das eine Mal als Astrid ihnen nicht einen gewichst hat."

Ich konzentrierte meine Aufmerksamkeit auf das Gespräch, obwohl ihre Hand an meinem Sack so einiges an Konzentration forderte.

„Ich habe immer noch keine Antwort auf meine Frage, wo die Tondokumente her stammen, ich meine die, die vor Jahren aufgenommen wurden, für Meghans Projekt!"

„Das hat uns auch einige Mühe gekostet, die zu beschaffen. Der Radiosender hatte sie noch unter Verschluss, weil sie nie ausgestrahlt wurden. Aber weil sie das in einer der ersten Sitzungen einmal erwähnt hatten, haben wir uns damit befasst, sie zu besorgen."

Nun ich verzichtete auf die Frage, wer mit wir gemeint war.

Sie hatte eine ziemlich große Uhr am rechten Handgelenk, die mir erst auffiel, als sie einen Blick darauf warf.

„Ich glaube, wir sollten uns langsam auf den Weg zum Kloster machen, auf dem Weg können wir noch eine Geschichte hören!"

„Vielleicht sollten sie mir das mit dem Kloster erklären, bevor wir uns wieder eine Geschichte anhören!"

Auf dem Weg zu meinem Outback begann sie zu erzählen.

„Es geht letztlich um den Dezember 1965. Sie waren mit ihrer Mutter bei einem Vertretungsarzt gewesen, weil ihr Hausarzt einen Unfall hatte und längere Zeit im Krankenhaus lag.

Dieser Vertretungsarzt war Internist und, obwohl ihre Mutter zum Arzt ging und sie einfach nur mit genommen wurden, hörte der Arzt sie sprechen. Dämmert es?!"

  Tatsächlich fiel mir da was zu ein.
  „Meine Mutter hatte immer Probleme mit ihrem Magen und einem Gallenstein. Weil der Hausarzt nicht geöffnet hatte, ist sie dann zu einem Internisten gegangen. Dem Internisten fiel meine Stimme auf. Er fragte, ob ich schon im Stimmbruch gewesen sei und wie alt ich wäre. Meine Mutter sagte, ich sei neun und meine Stimme habe sich nur unwesentlich geändert, ohne Stimmbruch."
  Wir erreichten den Subaru.
  „Und was war dann?"
  Wir stiegen ein.
  „Der Vertretungsarzt muss meiner Mutter wohl von irgendwelchen Horrorszenarien erzählt haben, dass ich schnell einen Termin bei einer Kinderärztin erhielt. Bis zu dem Zeitpunkt habe ich gar nicht gewusst, dass es so was gibt."
  Wir hatten uns angeschnallt und ich meinen Beutel daran gehindert, durch die Umnähungen der Hose in Mitleidenschaft gezogen zu werden.
  „Sie waren also vorher nie bei einem Kinderarzt oder einer Kinderärztin?!"
  „Ich hatte, im Nachhinein betrachtet, von meinem Freund gehört, dass seine Schwestern und er zu einem Kinderarzt gefahren wurden. Darüber nachgedacht hatte ich aber nie. Ich bin tatsächlich nur ein einziges Mal bei einer Kinderärztin gewesen und diese Erfahrung hat mir voll und ganz gereicht."

„Ja, und ich bin mir sicher, dass diese eine Erfahrung, so schlimm sie war, nachdem ihre Mutter sie ganz anders *behandelt* hatte…"

Bei dem Wort Behandelt hatte sie gezögert.
Mir fiel die Übersetzung von Behandlung ein, Therapie.

„Nun gut, wir wissen, dass das nicht gut war, bei der Ärztin und wissen ebenfalls, dass wir wahrscheinlich Informationen auf die Spur kommen werden, wenn wir die Situation – nachspielen!"

„Wo genau müssen wir jetzt hin?"

Sie reichte mir einen Zettel mit einer Adresse, während die nächste Tondatei bereits ein knisterndes Rauschen verbreitete.

*

„Auf der Tanzfläche herrschte ein furchtbares Gedränge.

Ich saß auf einer niedrigen Bank an der Wand und wusste noch gar nicht, warum ich dieses Lokal noch nicht verlassen hatte.

Die Frau...

Eigentlich handelte es sich an diesem Abend um die einzige Frau im Raum, die mein Gefallen auf sich gezogen hatte.

Die Frau kam wieder vorbei und sah mich flüchtig an.

Sie war schon einige Male vorbei gekommen, immer hatte sie mich dabei kurz angesehen.

Diese kurzen, allzu kurzen Blicke, waren sie es, die mich angerührt hatten, waren sie es, die dazu beigetragen hatten, dass ich noch hier war, obwohl die Musik so unkommunikativ war, dass sie einem fast jeden Gedanken aus dem Gehirn zu blasen vermochte?

Die Musik wechselte.

Michael Jackson!

Black and White!

Die Frau kam zurück.

Mir war schon vor längerer Zeit aufgefallen, dass sie den schönsten BH im Raum trug, dessen Inhalt mich ganz schön anmachte.

Direkt vor mir blieb sie stehen und drehte mir ihren Rücken zu. Mittelbraune Haare, die bis zu den Schulterblättern reichten und die schwarzen Träger des BHs berührten. Ein weißer Rücken, der vom unteren Rand des BHs bis zum Gürtel eines kurzen schwarzen Rockes reichte.

Schade, dass dieser BH an der Vorderseite geöffnet werden musste.

Aber was waren das für abstruse Gedankengänge?

Niemals hätte ich es gewagt eine Frau zu berühren!
Nein, ein entschiedenes nein, ich war kein Grabscher und würde auch keiner werden, so lange ich Herr meines Verstandes war.

Die Musik verstummte.
Die Leute verließen die Tanzfläche.
Ein Rumoren klang auf und der Grund für dieses Rumoren wurde erst offensichtlich, als man nach circa einer halben Minute erkennen konnte, dass die Tanzfläche begonnen hatte sich aus dem Boden zu erheben.

Durch das allgemeine Gedränge kam sie mir noch einen Schritt näher, diese Frau, deren Geruch ich nun wahrzunehmen glaubte, deren Geruch sicher irgendwo in einer Parfümerie gekauft worden war.

Nun stand sie direkt vor mir und lehnte sich zurück.

Im Nachhinein betrachtet, wunderte ich mich, nicht auf gestanden zu sein, immerhin wurde mir der Blick zur Tanzfläche, die zur Bühne mutiert war, durch die Rücken der umstehenden Leute verdeckt. Andererseits hatte ich natürlich den Genuss, die Beine der Frau, die vor mir stand besser sehen zu können, in Anbetracht des kurzen Rockes ein wahrhaftes Vergnügen, wohlgeformte Beine, die ich von unten bis oben, eben bis zu Saum des schwarzen Rockes, betrachtete. Ich versuchte mir vorzustellen, wie diese Beine wohl weitergehen würden.

Überraschend ging sie einen Schritt zurück - ihr Oberschenkel berührte meine Knie.

Dieser Hintern...

Ich hatte diesem Hintern schon den ganzen Abend nachgesehen, der so wohlgeformt unter ihrem kurzen schwarzen Rock zur Geltung kam und seine Konturen erahnt. Ich hatte diese Frau schon den ganzen Abend ausgezogen, hatte mir ihren Hintern nackt vorgestellt, hatte mir ausgemalt, wie ebenmäßig unter ihrem Nabel das haarige Dreieck sein musste.

Alle Leute im Raum hatten nur noch Augen für die Bühne.
Ihre Hände glitten an ihren Seiten nach unten, als auf der zur Bühne gewordenen Tanzfläche die Frau erschien, die sich nun nach der neu aufklingenden Musik bewegte.
Diese Frau auf der Bühne würde sich nun vor aller Augen ausziehen.

Die Frau, die direkt vor mir stand, bewegte ihr Becken.
Der Druck, der von ihren Oberschenkeln auf meine Knie ausgeübt wurde, verstärkte sich.
Die Frau auf der Bühne tanzte wiegend zu einer rhythmischen Musik.
Ich stellte mir vor, dass sich die Frau, die ich schon den ganzen Abend wegen ihrer Schönheit bewundert hatte, statt derer auf der Bühne zu entkleiden begann. Der Druck ihres weichen Hintern tat ein Übriges.

Ich bekam einen Ständer!

Ich bekam tatsächlich einen Ständer, einen Schwanz, der seiner Natur entsprechend langsam an Größe gewann.

Die Leute, die uns umstanden sahen auf die Bühne, die Männer um sich aufzugeilen und die Frauen weil sie sehen wollten, ob diese Frau da oben attraktiver war, als sie selbst und was es sein konnte, was die Männer an einer nackten Frau faszinierte.

Zwei Gefühle ergriffen mich im Widerstreit.

Erstens war es mir peinlich einen Ständer zu bekommen, ich dachte, wenn diese Frau vor mir, die sich rein zufällig angelehnt hat...

Andererseits, vielleicht hatte sie sich gar nicht zufällig hier angelehnt und wusste ganz genau, dass ich hinter ihr saß.

Vielleicht sollte ich es gut finden, dass sie mit Sicherheit meine auferstehende Latte bemerken musste, wenn sie nach hinten sah.

Sie trat noch zwei Schritte zurück, so dass nun meine Beine bis zur Mitte der Oberschenkel zwischen ihren gespreizten Beinen waren.

Ich stellte mir vor, ihr meinen sich erigierenden Schwanz gegen ihren Hintern zu drücken.

Was tat sie?

Ich sah nach unten.

Nein, das war nicht wahr!

Es konnte nicht wahr sein, weil es nicht wahr sein durfte.

Nein, meine Phantasie ging mit mir durch!

Es konnte nicht wahr sein, nein es durfte nicht wahr sein - und wäre doch so schön, so unfassbar schön gewesen.

Mit Bewegungen, wie man sie einer Schlange zutrauen würde, wenn sie sich gerade häutete, begann sie sich nun aus ihrem engen Rock zu schälen, den sie langsam immer höher zog.

Zwei Streifen weißer Schenkel kamen zum Vorschein, die zuvor von oben durch den Rock bedeckt gewesen waren und deren mittlerer und unterer Teil in schwarzen Strümpfen steckte.
'Wenn ich nicht so nah gesessen hätte...'
Postulierte der Voyeur in mir.
Nur eines war sicher.
Ihr Hintern war noch schöner, als ich ihn mir vorgestellt hatte.
Der Rock war mittlerweile so hoch gerutscht worden, dass ich ihren Hintern als absolut nackt identifizieren konnte.
Wer einen nackten Hintern hat, ist naturgemäß auch vorne unbekleidet.
Sie beugte sich etwas nach vorne, ihre Hände griffen durch ihre gespreizten Beinen hindurch nach hinten und begannen an meinen Knien herumzufummeln.
Ihr blanker Hintern, der mich hypnotisiert hatte, wurde plötzlich größer.
Ja, sie setzte sich auf meine Oberschenkel.
Ihre Hände näherten sich nun den Knöpfen meiner 501.
Ich griff nach ihrem Hintern, nach diesem warmen und weichen Hintern.
Diese runden Formen, die vollkommener gar nicht sein konnten, dieser weiche Hintern, dessen Haut so weich war, und unter der ich, unter einer weichen Bindegewebsschicht den Muskulus-glutäus-maximus deutlich fühlen konnte.
Sie öffnete langsam, dass ich auch etwas davon hatte und vor Erwartung fast wahnsinnig wurde, meine Hose Knopf für Knopf.
Ihr Hintern ließ mich nicht zur Ruhe kommen, so vollendete Formen, die da unter meinen Händen prangten.

147

Meine Hände glitten an ihren Flanken nach oben, am Rock entlang bis zu dem Gürtel des Rockes, über dem wieder nackte Haut fühlbar wurde, nackte Haut, die bis zum BH reichte.

Ich griff nach vorne, ergriff ihre beiden Brüste, die prall und straff im BH steckten und die ich nun zu befreien gedachte.

Meine Hose war nun vollends offen und eine ihrer Hände begann nach meinem Pint zu fahnden.

Sie holte ihn raus, kaum dass sie ihn in ihrer Hand hatte.

In ihren Händen richtete er sich zu seiner vollen Größe auf.

Ich schob vorsichtig meine Hose einige Zentimeter nach unten, immer nur eine ihre Brüste los lassend, die ich in den Händen hielt.

Während sie meinen Schwanz langsam wichste, öffnete ich ihren BH und griff ins volle Leben.

Sie zog meinen Schwanz gerade und setzte sich mit ihrem Hintern, den Schwanz dirigierend.

O ja!

Ich ließ mich eindringen in ihre Herrlichkeit und leistete nicht den geringsten Widerstand, als ich fühlte, wie ihn ihre warme Spalte aufnahm.

Sie begann augenblicklich mit diesem Bewegungsablauf, der das Ende zur Folge haben würde, der diesen unsagbaren Zeitpunkt näherbringen sollte, der diese Eruption zur Folge haben sollte, der das Ziel hatte, dieses ejakulatorische Abspritzen hervor zu rufen.

Ich knetete ihre Brüste und schloss die Augen.

Ihre Vaginalmuskulatur entwickelte eine Art von Eigenleben, wie ich sie nie zuvor für möglich gehalten hätte.

Ich ließ meine linke Hand an ihrem Körper hinabgleiten und durch das haarige Dreieck direkt in ihren Spalt fahren, bis zu der Stelle, an der ich meinen Schwanz fühlte, der tief in ihr steckte.

Sie drückte sich einerseits an mich und andererseits meinem Schwanz entgegen, wie ich es nie erwartet hätte.

„Bums mich!"

Sie hatte es geschrien, weil man sich bei der Lautstärke nicht anders Gehör verschaffen konnte.

„Du kennst mich nicht, aber einige meiner Freundinnen, sie haben mir nicht zu viel versprochen. Ich bin Svea!"

Die Fahrt zum Kloster nahm einige Zeit in Anspruch, Zeit, in der mein rasierter Sack den Blicken Frau Doktor Northeims ausgesetzt war – sie sah tatsächlich immer wieder hin.

„Was macht ihr Penis jetzt?"

„Na ja, er ist nicht ganz so steif wie er in den letzten Stunden fast ununterbrochen war, ich könnte ihn wahrscheinlich einfach nach unten aus dem Nierengurt ziehen!"

„Klar, sie haben ja auch einen klassischen Blutpenis, wie laut wissenschaftlichen Untersuchungen in Europa 79 Prozent der Männer, im Englischen auch *Grower* genannt. Das bedeutet, dass er bei sexueller Erregung anschwillt und an Volumen signifikant zunimmt. Die restlichen 21 Prozent der Männer in Europa haben einen sogenannten Fleischpenis *Shower*. Dieser hat auch im nicht erigierten Zustand bereits ein verhältnismäßig großes Volumen und muss darum während der sexuellen Erregung kaum noch anschwellen – er wird einfach nur härter, um Geschlechtsverkehr ausführen zu können. Beim Blutpenis ist es nicht unwahrscheinlich, dass der Penis mindestens doppelt so lang wird wie im „Normalzustand", wenn das Blut während der sexuellen Erregung in den Penis hineinfließt. Dass es diese beiden Penistypen gibt, liegt in der Evolution begründet. In nordischen Regionen, in denen die Menschen behaart waren, um sich vor der Kälte zu schützen, gab es häufiger den Blutpenis.

Bei einem dauerhaft recht großen Penis wäre nämlich das Risiko höher gewesen, dass dieses Körperteil auskühlt. In eher südlichen Gefilden, in denen die Menschen über kaum Körperbehaarung verfügten, gab es deutlich häufiger den Fleischpenis. In diesen wärmeren Regionen war es ganz früher sogar ein Selektionsvorteil, einen entsprechenden Fleischpenis zu haben, der – im unbekleideten Zustand – auch von möglichen Partnerinnen gut gesehen werden konnte. Ganz wichtig: Heute, wo wir unseren Partner meistens im angezogenen Zustand kennenlernen, spielt dieser evolutionstechnische Selektionsvorteil, so gut wie keine Rolle mehr."

Ich war überrascht, da hielt meine Psychotherapeutin doch tatsächlich einen wissenschaftlichen Vortrag über meinen Penis.

„Da vorne ist ein Waldweg, fahren sie da weit genug hinein, dass man den Wagen von der Straße aus nicht mehr sehen kann – und dann lassen sie ihrem Penis wieder Raum! Wir brauchen dieses ausschließliche Gefühl am Sack nun nicht mehr. Ich glaube, wir kommen unserem Ziel immer näher!"

Ich angelte den Schwanz schnell aus dem Nierengurt, er war weit genug abgeschwollen und ich wollte vermeiden, dass er vorher wieder zu stark anschwoll.

Frau Doktor Northeim betrachtete ihn in einer Weise…

Vielleicht hatte auch er ihren Vortrag gehört und wollte nun unter Beweis stellen, wie groß er werden konnte...

„Na, so ist es sicher besser!"

Wir waren weit genug in den Waldweg gefahren, ich konnte die Straße nicht mehr im Innenspiegel sehen.

„Und was machen wir jetzt? Ich kann kaum noch erwarten, endlich ab zu spritzen. Wollen sie mir nun einen wichsen? Oder wollen sie, dass ich mir selbst einen runterhole? Wo soll ich dann hin spritzen?"

Sie lachte tatsächlich.

„Sie werden sich noch etwas gedulden müssen. Wir werden uns hier beide nun einfach nur umziehen!"

Sie stieg ohne weitere Erklärung aus und ging zur Heckklappe des Subaru.

Na gut, ich folgte ihr, ohne weitere Versuche meinen Schwanz unter Kontrolle bringen zu wollen.

Aus der mitgebrachten Reisetasche brachte Frau Doktor Northeim eine rote Jeansjacke zum Vorschein, die sie oder ihre Schwester wohl aus meinem Schlafzimmer mitgebracht hatte und mein gelbes Shirt.

„Es wird ihnen nicht gefallen, wenn unter der Jeansjacke etwas hervor guckt, daher habe ich das Shirt und die Jacke für sie mit gebracht. Wir werden weiter fahren, wenn wir uns umgezogen haben. Nur Shirt und Jacke!"

Sie griff sich die Reisetasche und ging zur Motorhaube meines Wagens.

„Bleiben sie wo sie sind, so sehr sie mir auch beim Umziehen helfen wollen!"

Gut, ich zog mich aus und stand nach kurzer Zeit mit dem gelben Shirt und der roten Jeansjacke hinter der geöffneten Heckklappe, die Hose lag neben dem Nierengurt.

Frau Doktor Northeim hatte sich ihres Rockes und der Jacke entledigt und stand mit dem Rücken zu mir. Schwarze Strümpfe, die von einem Strapsgürtel gehalten wurden und ein schwarzer BH.

Von hinten war sie eine Offenbarung.

Sie hatte irgendwelche Gründe, mir nicht den Anblick ihrer Front gönnen zu wollen oder noch nicht.

Was sie nun aus der Reisetasche holte überraschte mich aber dann doch.

Sie zog einen Arztkittel an. Danach kramte sie weiter in der Tasche und brachte noch ein Stethoskop zum Vorschein. Ihre Frisur änderte sie nicht, die High-Heels ersetzte sie durch Turnschuhe.

Unter dem Arztkittel war sie derart ge- oder entkleidet, dass alleine die Kenntnis dieses Zustandes meinen Schwanz bereits in ungeahnte Höhen brachte.

Ich griff danach, vielleicht auch um zu versuchen die Vorhaut über die Eichel zu ziehen.

„Vorsicht mein Lieber! Nicht, dass sie zu frühzeitig ihren emotionalen Zustand gefährden, den brauchen wir noch!"

Sie lächelte mich an.

„Den Zustand oder den Penis?"

„Beide, wir können weiter fahren!"

Sie stellte die Reisetasche wieder auf die Ladefläche.

Wenn ich ihr in einer Arztpraxis oder einem Krankenhaus begegnet wäre, hätte ich nicht die geringste Vermutung gehabt, was sie unter dem Kittel trug oder nicht trug.

Ich war beeindruckt.

Wenn ich an ihr Outfit dachte, machte sich mein Schwanz bemerkbar und sie sah es. Ihre Schwester hatte es begrüßt, auf diese Weise mit einem Mann zu kommunizieren, zumindest hatte sie es gesagt.

Frau Doktor Northeim sah immer wieder interessiert hin, was ihre Schwester vermieden hatte.

„Sagen sie, wir haben ja schon ausgiebig über CFNM geredet, wie ist das bei ihnen mit CMNF, meine Schwester würde das sehr interessieren."

Ich musste kurz nachdenken.

„Es geht um *Closed Man Naked Female*?"

Aus den Augenwinkeln sah ich, dass sie nickte.

„Astrid, die Astrid, die mir seinerzeit immer wieder mal einen runterholte, als Energieausgleich, wie sie sagte, hatte mal ein diesbezügliches Ansinnen an mich. Sie meinte sie könnte nicht einschlafen und wollte es von mir gemacht haben. Ich habe sie zu zwei Orgasmen gefingert und bin dann nach hause gefahren!"

„Und war das die Revange für die Abwichserei?"

„Nein, ich glaube nicht, zumindest glaube ich nicht, dass ich es so gesehen habe. Wir hatten irgend einen Termin zusammen gehabt und ich hab sie abends nach hause gebracht. Sie sagte, sie habe noch eine Bitte und in ihrer Wohnung bat sie mich, es ihr zu machen. Weil ich relativ schnell nach hause musste, habe ich es dann getan."

„Und, hatten sie einen Stehen?!"

„Ja, ich hab mir dann zuhause einen gewichst."

Sie schwieg eine Weile.

*

„Mir fällt da gerade eine Episode ein, als ich die Freundin meines Freundes nach hause brachte, weil er zu viel Alkohol getrunken hatte.

Die ganze Angelegenheit geschah so etwa um die Osterzeit 1979, ich fuhr damals einen 1968er Commodore A GS Coupe mit Powerglidegetriebe und Servolenkung.

Da es draußen höllisch kalt war und man damals noch nicht an die Umwelt dachte, immerhin galt die Gashülle um diesen Planeten seinerzeit als gewaltig genug, um alles mögliche an Gasen in sich aufnehmen zu können, oder die Messtechnik war noch nicht weit genug ausgereift, um das auch alles erfassen und nachweisen zu können, oder man schaffte es damals noch gut die Zusammenhänge um die Verschmutzung der Umwelt von der Öffentlichkeit fern zu halten; jedenfalls ließ ich den Motor laufen und regulierte die Heizung auf eine angenehme Temperatur, nachdem ich die Türen verriegelt hatte.

Ich kann zu meiner Verteidigung eigentlich nur anführen, dass das das einzige Mal war, ich meine mit laufendem Motor im Wagen, ansonsten hatte ich immer Decken dabei gehabt, allerdings war es das bis jetzt vorletzte Mal, dass ich Sex im Auto betrieb.

Ich schaltete das Licht aus und ließ wegen der Kälte draußen den Motor an, um die Heizung den Bedürfnissen nackter Menschen entsprechend den Innenraum auf zu heizen. Die Türen verriegelte ich, um vor Überraschungen sicher zu sein.

Das Radio drehte ich auf Dezent.

Sie hatte mir schon auf der Fahrt von etwa 25 Kilometern erzählt, dass sie zwar seit einem Jahr mit Gerd zusammen sei, dass es da aber nichts bisher gegeben hätte mit Sex in irgend einer Form und dass sie eine sexuelle Erfahrung herbei sehne. Die Schwester von Gerd habe ihr erzählt, dass ich geeignet sei, und dass sie sicher sein könne, nicht vergewaltigt zu werden.

„Siehst du, ich sitze hier und tue dir nichts. Hast du Lust, mir deine Brüste zu zeigen, ich könnte sie ein Wenig kneten und berühren, wie man das so macht!"

„Und dann?"

„Dann würde ich dich fragen, ob du Lust hast, die Hose aus zu ziehen, dann könnte ich dir zeigen, was man da unten so alles machen kann, dass es schön für dich ist."

„Und du musst deine Hose anlassen!"

„Gut, wenn du meinst!"

Sie hob ihren Hintern an und schob ihre Hose und den Slip nach unten.

„Wenn du ein Bein heraus ziehst, kann ich es dir richtig schön machen!"

Sie zog ihr linkes Bein vollends aus den Hosen und zog ihren Pullover hoch und den BH gleich mit, dass ihre prallen Möpse vor ihr ins Freie hüpften.

„Oh, ist das ein geiler Anblick!"

„Findest du?"

„Ja, Gerd weiß nicht, was ihm entgeht! Ich klappe jetzt deinen Sitz nach hinten, dann kommst du in eine bequeme Position und ich kann überall mit meinen Händen und meinem Mund..."

„Was?"

„Ich klappte den Sitz zurück."

Vorsichtig, um sie nicht zu erschrecken, ließ ich langsam ihre Sitzlehne nach hinten klappen. Dann klappte ich meinen Sitz zurück und überzeugte mich, dass der Wählhebel der Automatik sicher in der Position P verharrte.

Zur Sicherheit zog ich noch die Feststellbremse, die bei diesem Modell auf der linken Seite zu finden war und somit nicht störte, in die Position, die im Falle eines Malheurs beim Automatik Wählhebel, den Wagen am davon Rollen hindern würde.

Sie lag neben mir auf dem Rücken.

Wenn man sie ansah, vom Jugulum bis zu den Knien, kam man zu dem Schluss, dass sie so viel Frau zu bieten hatte, wie nur Wenige, mit denen ich bisher sexuelle Begegnungen hatte.

„Toll, du bist so schön, wenn du nackt bist!"

„Wirklich?"

Ich nahm mir mit dem Mund ihre Brüste vor. Mit einer meiner Hände ergriff ich die freie Brust und machte zunächst nicht die geringsten Anstalten, mich der Stelle zwischen ihren Beinen zu nähern.

„Das ist schön, Leopold!"

Ich konnte nicht antworten, weil ich ihren Nippel nicht aus dem Mund nehmen wollte.

Ich bearbeitete diese großen festen Brüste sicher eine halbe Stunde und es gefiel ihr gut, so sagte sie.

Dann bewegte ich mich langsam an ihrem Körper nach unten.

Wenn ich ihr zwischen die Beine gegriffen hätte, wäre ihr wahrscheinlich wieder ein Spruch ihrer Mutter eingefallen, so tat ich etwas, was sie nicht erwartet hatte und auf das sie nicht vorbereitet war.

Meine Zunge kam bis zu ihrem Haardreieck und dann bewegte ich mich am Rand entlang, bis ich ihre Oberschenkel leckte, die eng zusammen standen.

Jetzt durfte ich nicht nachhelfen, das musste sie selber machen.

Ich merkte dass die Beine lockerer wurden und ich bewegte mich gezielt in die Richtung, wo ihre Beine zusammen kamen.

Als sich meine Zunge zwischen ihren Schenkeln bis kurz vor ihrem Haardreieck befand, hob ich den Kopf.

„Ist das schlimm?"

„Nein, es ist so schön, warum hat mir das keine Tante oder meine Mutter je erzählt?"

Ich sagte ihr sicherheitshalber nicht, dass weder ihre Tanten, noch ihre Mutter wahrscheinlich in den Genuss eines Cunnilingus gekommen waren.

„Dann musst du die Beine spreizen, dann kann ich es dir noch viel schöner machen! Und wenn ich dir verspreche, dass ich meinen Schwanz nicht in deine Nähe bringe, kannst du dir dann vorstellen, dass ich mir auch die Hose ausziehe? Es tut mir nämlich richtig weh, der Schwanz ist geschwollen und drückt gegen die enge Hose!"

„Ich werde dich aber nicht da anfassen! Kannst du die Hose nicht an lassen und so ein bisschen mehr Raum..."

„Klar, geht auch, ich will nur den Schmerz nicht mehr!"

Ich öffnete meine Hose, Gürtel Knopf und Reißverschluss. Sofort ging es mir wesentlich besser. Mein Schwanz hatte maximale Größe erreicht und sie sah ihn sich interessiert an.

Ich zeigte ihr, dass man so eine Vorhaut zurückziehen konnte und wie weit man sie dann wieder nach vorne bekam, über die Eichel.

Dann widmete ich mich wieder mit der Zunge ihrem Unterkörper und sie öffnete bereitwillig ihre Beine.

Gut, ich leckte sie bis es ihr kam.

Sie sah mich danach mit großen Augen an.

„Was war das? Das war so schön!"

„Wenn ich mich nicht sehr irre, war das ein Orgasmus!"

„Toll!"

„Und du kannst noch einen haben! Ich mach ihn dir mit den Fingern!"

„Ja!"

Mit der linken Hand machte ich mich ans Werk und bearbeitete mit rechts meinen Schwanz.

„Was machst du da?"

„Mit links mach ich dir einen Orgasmus und mit rechts mach ich es mir selbst. Oder willst du den Schwanz anfassen?"

„Nein!"

Ich kniete neben der liegenden Claudia und fingerte in ihrem Schlitz, bis sie wieder stöhnte und wichste mir mit der anderen Hand einen ab, bis ich über ihre Möpse spritzte.

„Ist es das, was bei euch Typen immer rauskommt?"

„Ja."

„Haben sie jemals eine Frau angerührt, die das nicht wollte?"
„Never. Einige Frauen, mit denen ich zusammen war, erzählen heute noch, ich wäre zwar immer geil gewesen, aber zu keiner Zeit in irgend einer Weise aufdringlich."

„Wenn sie also mit einer Frau zu tun hatten, die sie um einen Orgasmus gebeten hat, haben sie ihn ihr gemacht, ohne eine Gegenleistung zu erwarten?"
„Ja, ich habe zwar eine Gegenleistung erhofft aber es war ja auch nie ein Problem selbst Hand an zu legen!"
Ich war immer noch mit den Gedanken bei der Aussage, ihre Schwester würde das interessieren, als sie mit der nächsten Frage kam.
„Wie ist das, wenn sie vor Frauen wichsen, speziell vor angezogenen, ist das eine gute Erfahrung?"
Irgendwie war mir das zu inquisitorisch und ich stellte eine Gegenfrage.
„Warum? Wollen sie mich einladen, wenn sie ihre Freundinnen zu Besuch haben? Ich würde es machen und wie sie wissen ohne jedes Problem für sie und die anderen. Sie brauchen mir nur den Termin zu nennen und zu sagen, um was es geht!"

Sie reagierte nicht und dachte wohl nach.

„Ach was soll 's? Ich treffe mich tatsächlich regelmäßig, also vier mal im Jahr mit einigen alten Freundinnen und da würde sich das anbieten. Was könnten sie denn so alles machen? Ich muss denen ja vorher erzählen, was sie zu bieten haben!"

Hatte ich noch vor Sekunden vermutet, sie hätte die Entfernung und die Länge der Fahrt unterschätzt und würde ich nun gezwungen sein, zu improvisieren… Oder nicht?

„Sie müssen nicht improvisieren, wir ziehen das jetzt durch!"

Sie starrte mich wohl an, nachdem sie das gehört hatte und fand dabei meinen Schwanz im Normalzustand vor.

„Es stimmt, ich weiß genau, wie wir gleich vorgehen müssen, aber zur Zeit… Aber trotzdem habe ich gerade angefangen, über eine kleine Show-Einlage beim nächsten Treffen mit meinen Freundinnen nach zu denken."

„Kein Problem, sowohl heute, als auch mit den Freundinnen. Wir müssen ja jetzt nicht reden, wenn wir Gefahr laufen uns zu verzetteln!"

Sie rückte ein Stück näher und griff sich meinen Sack. Sofort versteifte sich mein Schwanz, der nicht mehr in der Röhre des Nierengurts steckte. Sie glitt vorsichtig über meine Sackhaut, dass ich die Berührung kaum merkte,

„Das ist eine gute Idee, das könnten sie immer machen!"

Nun lachte sie wieder.

„Ich weiß, aber wir müssen auch den Geilheitsgrad einigermaßen einhalten, sonst könnte es Probleme geben. Ich finde das auch nicht einfach – über das alles zu reden und..."

Sie ließ das Ende des Satzes im Raum stehen.

„Allerdings haben wir immer noch eine Tondatei, die sie mit dieser Meghan zusammen aufgenommen haben!"

„Ach, ich kann mich an die Aufnahme erinnern, Meghan hatte den Text verfasst..."

„Sie müsste noch auf der Karte im Gerät sein. Haben sie eigentlich das, was sie da mit der Dame aufgenommen haben, auch in die Tat umgesetzt?"

„Kennen sie die Datei?"

„Ja und nein, ich hab sie einmal gehört aber auch nur, um zu hören, ob wir sie für unser Projekt benutzen können."

Ich wusste nicht, ob ich ihr das glauben sollte und schaltete die Musikanlage wieder ein.

Es begann zu rauschen, die Aufnahme war alt und begann mit meiner Stimme, während Frau Doktor Northeim mit den Fingern leicht über meine Sackhaut strich.

*

„Nora hatte die Idee gehabt, zum See zu fahren. Sie saß neben mir und wirkte so ungezwungen, wie es ihre ureigenste Art zu sein schien. Das Schiebedach hatte ich geöffnet, so dass das Innere des Wagens hell erleuchtet war. Sie hatte ihre langen Beine leicht gespreizt; ihre Oberschenkel waren von dem kurzen Rock kaum bedeckt. Wenn ich einen Grund gehabt hätte, mich etwas nach vorne zu beugen, wäre es mir sicher gelungen ihr unter den Rock zu blicken…"

„Auch wenn ich es geschafft hatte, ihm gegenüber den Eindruck aufrecht zu erhalten, völlig locker zu sein, war ich doch in Wirklichkeit eher aufgeregt, um nicht zu sagen erregt, denn der Gedanke an das, was ich für diesen Tag geplant hatte, ließ mich schon schwer atmen. Ich hatte auf der Fahrt zum See meine Beine so weit auseinander gestellt, dass ich den kühlenden Luftstrom des Gebläses durch meine Vulvahaare streifen fühlen konnte. Ich sollte mich irren, wenn ich hoffte, dieser Luftstrom könne meine feuchte Spalte trocknen.

Es schien mir gelungen zu sein, Leo gegenüber den Eindruck absoluter Unbeteiligtheit zu vermitteln. Warum ließen sich Männer immer so gut täuschen? Es schien Frauen wirklich keine Schwierigkeiten zu bereiten, Männern gegenüber den Eindruck zu vermitteln, sie hätten an allem Möglichen Interesse, nur eben nicht an Männern.

Obwohl sie ja mit dieser Annahme gar nicht einmal so falsch lagen, wenn man bedachte, dass das Interesse der Frauen die Männer nur als Zwischenprodukt brauchte, weil es doch nur einen einzigen Bereich gab, der Frauen wirklich begeistern konnte; die Aufzucht von Kindern.

Nun gab es im Leben einer jeden Frau aber auch die Situation, dass man sich für das Zwischenprodukt interessierte und gerade aus dieser Interessenlage konnte man oder Mann eine Menge machen.

Für Männer war es schon schwierig genug zu wissen, dass es diese Zeiten des primären Männerinteresses gab, um so schwieriger war zu erkennen, in welcher primären Interessenzustandsform sich die Frau, mit der man gerade zu tun hatte gerade befand.

Es gab immer wieder Situationen im Leben, die dermaßen sexualzentriert geprägt waren, dass man hinterher froh sein konnte, mit dieser Intention nicht aufgefallen zu sein.

An diesem Tag auf dem Weg zum See hatte ich ganz eindeutige Absichten, die sich nicht nur mit Männern beschäftigten, sondern ganz speziell mit dem, was Männer so alles mit Frauen machen konnten. Obwohl ich mich auf etwas spezialisiert hatte, was mir auch eine Frau geben gekonnt hätte...“

„Nora sah aus dem Fenster und ließ die Landschaft an sich vorbei gleiten. Sie schien sich auf die Musik zu konzentrieren und kaum meine Anwesenheit neben sich wahr zu nehmen. Vielleicht würde es mir gelingen, sie im Rahmen des Spazierganges für mich zu begeistern.“

„Natürlich beschäftigte ich mich nicht mit diesem Mann an meiner Seite, obwohl er mir schon gefiel; ich hätte mir nie vorzustellen vermocht, mit einem Mann wegzufahren, der mir in keiner Weise zusagte, sondern nur damit, wie ich Leo dazu bringen würde, genau das mit mir zu tun, was ich wollte und nicht mehr.

Es musste für ihn den Punkt geben, in dem man seinem Bemühen Einhalt gebot; ich wusste nur noch nicht genau wie.

Doch zur Not gab es ja immer noch eine Möglichkeit, die ich schon in einigen anderen Situationen erfolgreich erprobt hatte. Ich hatte schon einige Male Situationen erlebt, in denen es sich als äußerst nützlich erwiesen hatte, dass ich schon vor einigen Jahren mit meiner älteren Schwester sehr offen über dieses Thema geredet hatte."

„Und was wollte diese Nora, *gesprochen von Meghan*? Und haben sie es gemacht?"

„Ja. Ich habe es gemacht. Sie wollte einen Cunnilingus und hatte von einer Freundin ihrer Schwester, also sozusagen aus dritter Hand gehört, dass sie sich keine weiteren Gedanken machen müsse, dass ihr nichts passieren würde und dass ich immer auf ihre Wünsche eingehen würde."

Das ließ Frau Northeim wohl erst mal sacken, denn sie sagte nichts mehr.

„Gleich kommt die Abbiegung zum Kloster, sind sie sicher, dass ich da so auftauchen kann ohne dass die Nonnen..."
„Sie werden sehen, die Zufahrt ist gesperrt, außer uns wird da heute kein Mensch mehr durch gelassen!"

Die Abbiegung zum Kloster ging nach links. Man hatte eine Baustelle improvisiert, eines der üblichen Zelte und ein Bagger versperrten die Zufahrt. Normalerweise befanden sich unter solchen Zelten große Löcher in der Straße, in die es nicht hinein regnen sollte.
Ich hielt an und Frau Northeim tippte einmal kurz die Hupe.

Aus dem Baustellenzelt kam eine Nonne in voller Montur, die an diesem Ort derart deplatziert aussah, dass man schon nach einer versteckten Kamera suchen musste. Sie machte einen großen Bogen um den Vorderwagen und näherte sich der Beifahrertür.

Doktor Ulrike Northeim ließ die Seitenscheibe in die Tür gleiten.

Den Kopf der Nonne konnte ich nicht mehr sehen, weil sie so nah am Wagen stand.

„Wir haben einen Termin, Schwester!"
„Ich weiß!"

Die Nonne ging zurück zur Baustelle und gab dem Mann im Bagger ein deutliches Zeichen, uns Platz zu machen.

Frau Northeim nickte mir aufmunternd zu und ich fuhr durch die Engstelle der Baustelle.

„Hoffentlich lassen die uns wieder zurück fahren! - In was für Autos haben die Frauen ihnen eigentlich am Sack rum gespielt, dieser ist ja wohl entschieden zu breit?!"

Ich musste lachen.

„Erstens kommen wir auf einem völlig anderen Weg da weg vom Kloster und kaum jemand könnte dem Subaru folgen und zweitens war das in einem VW Käfer oder Golf II und einem BMW 1802 und BMW 2000! Die waren etwas schmaler!"

„Gut! Wir gehen da gleich rein und werden in den Raum geführt, in dem Ihre Kinderärztin damals ihr Ausweichquartier hatte. Es gab einen Rohrbruch direkt vor ihrer Praxis und sie hat dann einige Wochen im Kloster praktiziert. Der Raum ist genau wie im Dezember 1965."

„Stimmt, da war die Straße wegen des Wasserschadens… und dann ist mein Vater mit mir hier her gefahren. Es war das einzige Mal in meinem Leben, dass ich mit meinem Vater zum Arzt gefahren bin."

„Wie sollen wir hier weg kommen, wenn das die einzige Zufahrt ist? Ihr Vater war nur das eine Mal mit ihnen beim Arzt?"

„Wir fahren durch einen Waldweg, der so steil ist, dass da mancher gestandene Geländewagen aufgrund seines Gewichts Probleme hätte."

Ich ließ den Subaru langsam auf den Klosterhof rollen. Mittels der dafür vorgesehenen Elektromotoren ließ ich die beiden Glasdächer in die Position der maximalen Öffnung fahren.

„Es handelt sich doch um das Eckzimmer im Erdgeschoss! Ich kann mich noch an die beiden Fenster erinnern. Die Untersuchungsliege stand an der rechten Wand, etwa zwei Meter vom Fußende entfernt ein Fenster und in der Wand, die man im Liegen sehen konnte gab es das andere Fenster und unter genau das Fenster fahren wir jetzt."

Ich ließ den Subaru rückwärts langsam unter das Fenster rollen, wobei ich so dicht an die Wand fuhr, dass Frau Doktor Northeim schon Schwierigkeiten hatte, aus zu steigen.

Sie kam zu mir, der ich gerade den Subaruschlüssel in meine linke Brusttasche der Jeansjacke steckte.

Frau Northeim ergriff meinen Sack und mit der anderen Hand meinen Schwanz.

„Ist er in Form? Er muss gleich, wenn wir die Untersuchung simulieren richtig in Form sein."

„Kommt ganz darauf an, ob irgendwelche Pinguine um uns herum stehen!"

Mit mäßiger Erektion meinerseits wandten wir uns nach rechts in Richtung Haupteingang.
„Wir marschieren da jetzt einfach rein und..."
„Wir werden erwartet!"

Tatsächlich öffnete sich direkt vor uns die uralte Eichentür des Haupteingangs und eine Nonne trat heraus.
Ihre Augen sogen sich förmlich an meinem Schwanz fest, der fast wieder in den Normalzustand zurück geschrumpft war.
Hinter der Nonne standen drei weitere, die auch nur Augen für meinen Körper unterhalb des Nabels zu haben schienen.

„Kommen sie, es ist alles vorbereitet. Der Bischof hat sogar einen Domkapitular aus dem Generalvikariat geschickt. Wir wissen wie sehr der Heilige Vater an den Informationen interessiert ist. Folgen sie Schwester Ambrosia!"
Schwester Ambrosia ging uns tatsächlich voraus, sich immer wieder umdrehend und darauf achtend, dass der halbnackte Kerl und die Ärztin ihr auch folgten. Hinter uns hörte ich deutlich die Schritte der anderen Nonnen.
Frau Doktor Northeim ging neben mir und hatte weder meinen Sack, noch meinen Schwanz berührt, seit dem wir das alte Gebäude betreten hatten.

„Ich will, dass sie mir gleich auf die Möpse spritzen, Herr es Vedra! Dafür habe ich ihnen die ganze Zeit den Sack geknetet! Wichsen sie mich gleich so richtig voll!"
Es war, als habe Ulrike den Nonnen im Volloutfit den Boden unter den Füßen weg gezogen, so laut hatte sie geredet.

„Frau Doktor Northeim, vor der Untersuchung müsste ich noch mal kurz zum Klo, hier muss es das ja irgendwo geben!"
Die Nonne hinter uns ergriff das Wort.
„Gleich die dritte Tür links, Herr es Vedra!"
„Danke!"

Ulrike hielt mich kurz zurück und zog mich näher.
„Aber nicht wichsen, oder muss ich mit kommen?"
Sie hatte geflüstert.
Ich schüttelte den Kopf.
„Keine Sorge, die Show kann ich mir doch nicht entgehen lassen!"

Sie drückte mich mit ihrem Körper an die Wand, dass ich tatsächlich ihre Möpse deutlich spürte.
„Das ist erst mal alles für mich!"
Es gelang ihr tatsächlich, trotz unserer Nähe, meine Genitalien zu ergreifen.
„Beeilen sie sich, wir haben noch einiges vor!"
Ich grinste sie an.
„Selbstverständlich, ich bin sofort zurück!"

Ich löste mich von ihr und hätte sie tatsächlich am Liebsten direkt mit genommen. Ich war mittlerweile in einen Zustand der Geilheit geraten, der dazu geeignet gewesen wäre, über sie her zu fallen, wie es noch nie meine Art gewesen war.
Ich öffnete die Tür zum Klo mit dem Zeichen für Männer; zwischenzeitig war das Gebäude als Klosterschule genutzt worden.

Tatsächlich gab es noch diese typischen Pissrinnen und zwei Kabinen.

Ich griff mir ein Papierhandtuch, zog meine Vorhaut zurück und begann zu pinkeln. Aus einer der Kabinen hörte ich ein Geräusch und jemand betätigte die Spülung.

Als ich meine Eichel mit zurück gezogener Vorhaut gründlich trocknete, öffnete sich die Tür und ein Mann mittleren Alters im Priesteranzug kam heraus, um zum Waschbecken zu gehen.
Ich wartete, weil er sich umständlich die Hände wusch.
Seine schwarze Jacke hatte eine Schieflage nach links. Da ich aufgrund seiner katzenartigen Bewegungen nicht davon ausgehen konnte, er habe eine Skoliose oder vergleichbares, war ich mir sicher, dass da eine Pistole, jederzeit zugbereit, auf ihren Einsatz wartete.

Nachdem der Priester sich die Hände abgetrocknet hatte, ging er, ohne mich eines Blickes zu würdigen.
Ich wusch mir ebenfalls die Hände und, als ich sah, dass man eine handelsübliche Flüssigseife aufgestellt hatte, auch den Schwanz. Das kalte Wasser sorgte für einen erheblichen Formverlust.
Ich versuchte mich gedanklich zu sammeln, kam aber nach kurzer Zeit zu der Erkenntnis, dass Frau Northeim und ich das irgendwie durchziehen mussten und, was noch wichtiger war, mit heiler Haut davon kamen.

Als ich das Klo verließ, standen da tatsächlich zwei Nonnen und Frau Ulrike Northeim, um mich zu erwarten.
„Alles klar? Können wir weiter machen?"

Ich zog sie an mich, dass ich sie richtig gut fest halten konnte und mein Mund in der Nähe ihres Ohres war.

„Ist der Pfaffe in der Gegenrichtung verschwunden?"

Sie nickte kaum merklich.

Also würde der Knilch uns folgen.

Als ich Frau Doktor Northeim zögerlich los ließ, musste ich daran denken, dass sie meines Wissens außer einem BH nur noch einen Strapsgürtel unter dem Kittel trug und der Gedanke brachte mich direkt unten rum in Form.

Frau Doktor Northeim blickte nach unten, wohl auch, weil sie meinen Schwanz gefühlt hatte.

„O, was habe ich gemacht, Herr es Vedra!"

„Nichts, ich hab nur an das gedacht, was sie so alles unter dem Kittel tragen."

„Das korrespondiert tatsächlich mit meinen Nippeln!"

Sie drückte sich besonders oben rum stark an mich.

Ich fühlte deutlich ihre Brüste, ohne aber die Nippel gesondert lokalisieren zu können, dazu hätte ich Hand anlegen müssen.

Meine linke Hand bewegte sich an ihrem Kittel nach unten…

Eine Bewegung am Ende des Korridors erforderte meine Aufmerksamkeit.

In Begleitung zweier Nonnen kam ein ziemlich alter Pastor auf uns zu.

Wir waren den Nonnen und dem alten Pfaffen in einen Raum gefolgt und saßen ihnen nun gegenüber an einem alten Eichentisch.

„Sie müssen wissen, Frau Doktor Northeim, 1965 war gerade das Zweite Vatikanische Konzil zu Ende gegangen, an dem auch unser Heiliger Vater teil genommen hat. Und nun, da der Heilige Vater Heiliger Vater wurde, will er einige der alten Unterlagen wieder zusammen führen."

„Das ist mir bewusst. Wir müssen uns beeilen, Eminenz, wir haben uns seit Monaten auf den Moment vorbereitet und müssen das Erregungsplateau nun aufrecht erhalten, sonst waren die Monate umsonst!"

Ulrike Northeim stand auf.

„Wir müssen direkt in den Untersuchungsraum, den die Kinderärztin damals benutzt hat! Und, es kann kein Mann anwesend sein, das ist wichtig!"

Ich stand ebenfalls auf und trat direkt neben sie.

„Wir müssen uns beeilen, bringen sie uns in den Raum! Wenn eine der Schwestern anwesend ist, wird das kein Problem sein! Ich zeige ihnen den Bereich, in dem sie stehen können."

Zwei Nonnen standen auf und folgten uns zur Tür.

Auf dem Gang wandten sie sich nach links, ich schloss die Tür hinter uns, war mir aber nicht sicher, was den Pfaffen betraf.

Nach etwa zehn Metern erreichten wir dann den Ort des geplanten Geschehens durch eine große Tür, die fast bis zur Decke reichte.

Die beiden Nonnen führten uns in den großen Raum.

Auf der linken Seite gab es Bücher bis unter die Decke, die mindestens vier Meter entfernt vom Boden war.

Gegenüber der Eingangstür befand sich eines der Fenster, die ich in Erinnerung hatte und gegenüber der Bücherwand das andere. An der Wand gegenüber der Bücherwand befand sich ebenfalls eine Untersuchungsliege, wie man sie aus Arztpraxen kannte.

An der Wand mit der Tür durch die wir den Raum betreten hatten, erkannte ich einen gynäkologischen Stuhl, der schon einige Jahre hinter sich haben musste.

Frau Doktor Northeim blickte skeptisch auf den Stuhl für gynäkologische Untersuchungen und Behandlungen, während ich zum Fenster ging, das der Eingangstür gegenüber lag.

Es war einfach zu öffnen und mein Subaru stand direkt darunter. Es musste ein Leichtes sein hinunter zu klettern, weil wir im Erdgeschoss waren.

„Ich dachte, dass der Stuhl da bleiben kann, wegen des Blickwinkels von der Liege!"

Die Nonne, die Schwester Ambrosia genannt wurde, hatte die Erklärung abgegeben.

Mir fiel auf, dass an der Stelle, wo vor fast vierzig Jahren ein Waschbecken in der Bücherwand eingebaut gewesen war, nun ein komischer Schrank zu sehen war. Nach meiner Erinnerung hatte sich ansonsten nichts an der Bücherwand verändert.

Im Schloss der großen Eingangstür steckte ein uralter Bartschlüssel, der dazu einlud die Tür ab zu schließen.

Die Bücher, die bis zur Decke reichten, füllten bis auf den seltsamen Schrank, der an der Stelle des ehemaligen Waschbeckens stand, die ganze Wand aus. An was erinnerte mich der Schrank?
Frau Doktor Northeim kam an meine Seite.
„Legen sie sich einfach mal hin und wir stellen fest, ob da eine Veränderung ist, die sie stören könnte!"
Die Nonne kam einen Schritt näher.
„Die Bücher sind nur abgestaubt worden, jedes steht genau da, wo es vor vierzig Jahren gestanden hat."

Frau Doktor Northeim schob mich rückwärts zur Untersuchungsliege, auf die ein weißes Laken gespannt worden war und drückte mich weiter in eine liegende Position.
„Und, sehen sie was, was damals nicht da war oder was sie stört?"
Während sie das sagte, stellte sie sich direkt neben mich an die Liege, wie Ärzte das bei Untersuchungen zu machen pflegen.
Ich blickte mich um.
Die Bücherwand zu meiner Linken, das eine Fenster, an der Wand, wo die Liege stand, begann am Fußende, hatte aber nicht zu interessieren.
Das Fenster, unter dem mein Subaru wartete, konnte ich gut sehen und wenn ich die Tür, die Nonne und den gynäkologischen Stuhl sehen wollte, musste ich mich bewegen.
„Es scheint alles so zu sein, wie es wohl laut meiner Erinnerung war. Das Waschbecken ist allerdings durch den komischen Schrank ersetzt worden."
Die Tür öffnete sich und zwei Nonnen traten ein, die eine rollbare Leiter trugen, wie man sie in Bibliotheken verwendet.

175

„Diese Leiter, Frau Doktor Northeim, wir haben sie fast vergessen, ohne sie wird Schwester Hildegardis nicht klar gekommen sein."

Sie bauten die Leiter so auf, dass man mit ihr vor den Bücherreihen auf und ab fahren konnte, um auch die ganz oben Platzierten zu erreichen.

Ich sah mir lieber Frau Doktor Ulrike Northeim an, die über mir stand, im weißen Kittel, unter dem sie fast nichts trug, mit einem Stethoskop um den Hals und einer Brille, die nicht zu ihr passen wollte.

„Gut!"

Indem sie das sagte, legte Frau Doktor Northeim ihre rechte Hand auf meine Stirn und ihre Linke auf den Solarplexus.

„Bleiben sie an der Tür, dann sind sie außerhalb seines Blickfeldes. Wenn Frauen anwesend sind, wird das sicher kein Problem sein. Im Jahr 1965 gingen sie, Leopold es Vedra mit ihrem Vater zur Kinderärztin und das war das einzige Mal in ihrem Leben, dass sie bei einer Kinderärztin waren. Ihr Vater ist schon kollabiert, als man ihnen Blut ab genommen hat und blieb darum draußen! Ist das bis hier hin richtig?"

Ich nickte nur.

„Es war im Dezember 1965, das Zweite Vatikanische Konzil war beendet und Hans Küng und Josef Ratzinger hatten Schwester Hildegardis beauftragt in ihrer Bibliothek einige Unterlagen verschwinden zu lassen, die man nur nach ihrem System wieder finden konnte. Zum Bedauern der Kirche kam Schwester Hildegardis einen Tag später bei dem Versuch ums Leben, die Informationen nicht Preis geben zu wollen. So weit richtig Schwestern?"

Sie wandte sich wieder der Liege zu, auf der ich lag, stellte sich links neben mich und legte ihre rechte Hand auf meine Stirn und die Linke auf die Stelle, die man als Solarplexus kennt.

„Wir kehren nun zurück in die Zeit, in der sie ihre ersten sexuellen Erfahrungen gemacht haben, sie sind unterwegs mit der ersten Frau, die mit absolut eindeutig sexueller Motivation ihre Genitalien berührt hat."

Ein Bild erschien vor meinem geistigen Auge.

„Sonja, ach hättest du doch keinen Slip an!"
„Ach, macht dir mein fehlender Slip zu schaffen?"

Doktor Northeim, sie hatte doch auch einen Vornamen...

„Weißt du, fehlende Slips faszinieren mich schon seit dem mich das Interesse an Frauen ergriffen hat."

„Das ist ja 'mal 'ne wahnsinnig geile Ausdrucksweise!"

„Ja, das hat wahrscheinlich mit meinen ersten Erfahrungen zu tun, die ich so nach dem Erwachen meiner Sexualität hatte. Da gab es so eine Gegebenheit mit einer der ersten Frauen, denen ich in sexueller Hinsicht nahe gekommen bin."

„Ich bitte dich, mir diese Geschichte zu erzählen!"

„Gut, gut. Ich hatte damals einen VW Käfer, der gerade 'mal ein Jahr jünger war als ich. Diesen Käfer hatten wir zurück gelassen und schlenderten langsam den steilen Anstieg des Schlossberges in Arnsberg hinauf. Hand in Hand, bis ich meinen Arm um sie legte.

Langsam, den Berg Meter für Meter erkämpfend kraxelten wir indem wir uns umarmten den Weg hinauf.

Mittlerweile schien ich realisiert zu haben, dass er immer dann stand, wenn ich eine Frau berührte.

Wir gingen über den Schlossberg und meine linke Hand berührte beim hinunterrutschen diesen gelben kurzen Rock und tiefer, nur wenige Zentimeter tiefer, die nackte Haut ihres Schenkels. 1974 waren Röcke noch so richtig schön kurz.

Es war dieses besondere Erleben der Möglichkeit, die einem einerseits ein kurzer Rock und andererseits die Besonderheit der weiblichen Anatomie verschafft.

Ich griff ihr unter den Rock, als wir auf einer Bank saßen.

Ich griff ihr unter diesen kurzen Rock.

Ich griff ihr unter den Rock, vorbei an diesem feucht gewordenen Nichts, das sich in Auflösung zu befinden schien und ihr als Slip diente.

Ich griff ihr unter den Rock, einfach so.

Ich griff ihr unter den Rock und machte es ihr mit den Fingern.

Einfach so.

Leute gingen vorbei und bemerkten nichts, sahen nicht, was wir taten, konnten nur vermuten, zwei verliebte junge Leute auf einer Bank zu sehen.

Ich griff ihr unter den Rock und niemand bemerkte es.

Ich griff ihr unter den Rock, meine Hand im Verborgenen, verborgenes tuend.

Ein Rock!

So ein Rock ist etwas ganz Besonderes, du ziehst ihn an und lässt den Slip weg.

Eine Frau!

Eine Frau kann überall!

Sie greift sich zwischen die Beine und macht es sich...

Ein Mann greift ihr zwischen die Beine und macht es ihr...

Wie viel schwieriger hat es ein Mann - er holt ihn raus und holt sich einen runter...

Und wohin mit dem Ejakulat?

Was, wenn jemand kommt, einen erigierten Schwanz kann man nicht so leicht verschwinden lassen.

Wie bekommt man ihn schnell wieder in die Hose?

Multiple Schwierigkeiten!

Noch schlimmer, was ist wenn man den Point of no Return überschritten hat, oder wenn man soeben ejakuliert...

Was ist wenn jemand reinkommt, während du gerade abspritzt?

Frauen haben es wirklich einfacher, wenn es darum geht sich 'mal kurz sexuelle Entspannung zu verschaffen."

„Wegen des Ejakulats hatte ich eben gedacht, diese Sonja hätte dir einen auch blasen können, Leopold. Hast du einen Steifen?"

Frau Doktor Northeim hatte mir die ganze Zeit in die Augen geblickt, konnte aber wohl meine Erektion aus den Augenwinkeln erkennen.

„Na ja! Ja und nein! Wenn ich mit dir über so etwas rede, lässt sich das ja wohl nicht vermeiden. Andererseits müssen wir natürlich die Umgebung im Auge behalten und mögliche Beobachter loswerden."

„Leopold, wir waren gerade im Jahr 1974 und gehen nun weiter zurück. Es ist Montag der 13. Dezember 1965 und du liegst genau hier auf der Liege um von Frau Doktor Langscheid-Klostermann untersucht zu werden!"

Frau Doktor Ulrike Northeim knöpfte meine rote Jeansjacke auf und schob mein gelbes T-Shirt nach oben. Mit dem Stethoskop hörte sie nun meine Lunge und mein Herz ab.

„Es ist dir unangenehm ohne Hose auf der Liege vor der fremden Frau zu liegen. Wenn deine Mutter deinen Penis oder deine Hoden angefasst hat, war es normal, sie hat daraus keinen Akt gemacht, dich beschäftigt nun die Angst, diese fremde Frau könnte was anderes machen. Woher diese Befürchtung kam, ist im Moment nicht wichtig."

Frau Doktor Ulrike Northeim nahm die Oliven des Stethoskops aus den Ohren und hängte sich das Instrument wieder locker um den Hals. Sie griff nun nach meinem Penis und bewegte die Vorhaut über die Eichel vor und zurück.

> Frau Doktor Langscheid-Klostermann hatte meinen Schwanz angefasst und die Vorhaut über die Eichel gezogen, wie meine Mutter es für wichtig hielt.
>
> Sie machte das ein paar mal und mein Schwanz verhärtete sich, auch wenn ich es nicht wollte.
>
> Sie hörte aber nicht sofort auf damit.

Frau Doktor Ulrike Northeim hatte nun meine Vorhaut ganz zurück geschoben und glitt angenehm mit dem Daumen über meine empfindliche Eichel.

„Sie hat dann nach deinen Hoden getastet!"

> Frau Doktor Langscheid-Klostermann griff nach meinem Sack und nahm mein linkes Ei zwischen die Finger. Als sie das Rechte nicht sofort fand, zog sie am Sack und fummelte weiter. Ich versuchte es zu ignorieren.

> *Eine Bewegung hinter ihr.*

> *Eine Schwester war an der Bücherwand zu sehen... Wenn sie sah, dass ich keine Hose an hatte...*

> Frau Doktor Langscheid-Klostermann hatte nun mein rechtes Ei gefunden und hielt es unerbittlich fest. Ein höllischer Schmerz schoss durch meinen Körper, ausgehend von meinem rechten Ei. *Die Schwester war mit der Leiter mit den Büchern im oberen Bereich der Bücherwand befasst.* Der Schmerz war unerträglich und *ich zählte von oben und von links...*

Ulrike Northeim stand über mir. Ich riss die Augen auf und sah, dass Tränen über ihr Gesicht kullern.
Mein rechtes Ei...
Ich griff mit meiner rechten Hand nach ihr und zog sie zu mir herunter. Ich hatte in den Kittel greifen wollen, aber wohl auch ihren BH genau zwischen den Möpsen erwischt.
Der Schmerz ließ nach, weil sie los ließ, um sich ab zu stützen.
Meine linke Hand fühlte den Druck ihres Körpers deutlich.

Meine linke Hand hatte sich im Rand der Liege fest gekrallt, um den Schmerz vielleicht besser ertragen zu können. Nun fühlte ich, dass meine Hand in ihrem Kittel steckte und ihre flauschigen Haare unten rum fühlte.

„Es tut mir so leid, dir solche Schmerzen zugefügt zu haben, aber nur so konnten wir die Konfrontation mit den damaligen Ereignissen erreichen!"

Ich zog sie noch näher, dass nur sie mich hören konnte.

„Ich hab 's gesehen! Mir müssen hier schnell verschwinden, durch das Fenster! Ich habe mindestens einen Typen mit ner Pistole gesehen! Die werden uns umbringen, genau wie Schwester Hildegardis vor vierzig Jahren!"

Ich hatte aber auch noch etwas anderes gesehen, Momente auf einer Liege, *auf der Liege, auf der mir Tags zuvor von Schwester Karin der Beutel gründlich rasiert worden war. Auf genau der Liege hatte ich schon einige Male gelegen, vielleicht um zu Proben.*

Doktor Ulrike Northeim hatte mir dabei den Sack geknetet und meine Vorhaut über die Eichel gezogen, vor und zurück. Sie hatte es genau so gemacht, wie seinerzeit meine Mutter, um die Erinnerungen wieder zu wecken...

Die Ereignisse an diesem Bloomsday hatten einen Vorlauf, der mir nicht mehr präsent war, in meinem sonst so hervorragenden Gedächtnis.

Vorsichtig strich ich über ihr Haardreieck und schloss dabei die Augen.

„Und jetzt Leopold, wie genau kommen wir hier weg?"

„Direkt unter dem Fenster steht der Subaru mit offenem Dach! Wir stellen uns jetzt einfach hin und gehen langsam in Richtung Fenster."

Als ich sie widerwillig los ließ, trat sie einen Schritt zurück und ich setzte mich auf die Liege. Der Schmerz ebbte langsam weiter ab, war aber immer noch deutlich spürbar. Auch meine Augen hatten sich mit Tränen gefüllt.

So in sitzender Position wurde mir klar, an was mich der Schrank erinnerte, der das Waschbecken ersetzte - an einen Beichtstuhl.

So konnte ich mir auch erklären, dass die schwarzen Vorhänge sich regelmäßig bewegt hatten.

Schwester Ambrosius öffnete die Tür, neben der die drei Nonnen die ganze Zeit gestanden hatten.

Der Priester, den ich vom Klo her kannte und ein Weiterer traten mit gezogenen Pistolen ein.

Das erforderte natürlich noch besonneneres Vorgehen, Pistolen waren eine sehr ernst zu nehmende Bedrohung und in den letzten Jahren hatte ich immer dafür gesorgt, dass die Bedrohung ein für alle Mal beendet wurde. Nun, mit Ulrike Northeim an meiner Seite und irgendwelchen Klerikalen im Vatikan im Hintergrund, musste ich in erster Linie zusehen, dass Frau Northeim und ich heile aus der Sache heraus kamen.

Als ich mich hin stellte, stieß ich gleichzeitig Ulrike Northeim in die Richtung des Fensters, das unser Fluchtweg werden sollte und strauchelte leicht.

Ich hielt mich an dem vermeintlichen Schrank fest, wo einmal ein Waschbecken gewesen war.

Mit einem Griff durch den Stoff, riss ich den alten Priester, mit dem wir geredet hatten, aus dem Beichtstuhl und brachte ihn direkt in einen Griff, den ich immer wieder beim *Catchen* angewandt hatte.

„Wie ihr seht, habe ich den Griff angewandt, der *Neckbreaker* heißt und genau so auch funktioniert. Selbst wenn ihr mich erschießt, wird der alte Knabe das Zeitliche segnen. Legt also eure Kanonen auf den Boden, aber schnell! Ulrike, das Fenster! Kletter sofort runter, ich komme nach!"

Ulrike ging ohne zu zögern in Richtung Fenster, gut dass sie die Schuhe gewechselt hatte.

„Oppa, sag den Herren, dass ich es Ernst meine und sie ihre Kanonen auf den Boden legen sollen."

Der Alte konnte nur krächzen, was allerdings die Herren mit den Pistolen zu überzeugen schien, denn sie sahen sich kurz an und legten ihre Waffen nieder.

Der Vorhang des Beichtstuhls bewegte sich wieder leicht. Ich zog den alten Knaben weiter in Richtung Fenster, um sowohl den Beichtstuhl, als auch die Pfaffen an der Tür im Auge behalten zu können.

„Und nicht vergessen, alles was ihr wissen wollt, seit vierzig Jahren, weiß nun nur ich. Ihr Typen geht jetzt raus und schließt die Tür hinter euch. - Ambrosius, abschließen und den Schlüssel und die Kanonen zu mir!"

Ich ließ den alten Pfaffen los und half ihm zur Liege.

„Die Informationen bekommt ihr wenn wir sicher weg sind!"

Eine schnelle Bewegung am Beichtstuhl.

Ein ziemlicher breiter Kerl in Priesterkluft quetschte sich heraus und sah mich an, als sei ich sein Ziel.

Schwester Ambrosius, die mit den Pistolen näher bei ihm war, als ich, ignorierte er.

Na gut.

Ich rammte ihm meinen rechten Ellenbogen in den Magen und rammte ihm noch mein linkes Knie ins Gesicht, dass sein Nasenbein vernehmlich brach.

Während ich mich davon überzeugte, dass er außer Gefecht war, sah ich noch, dass Ulrike Northeims Kopf gerade aus meinem Sichtfeld geriet, also war sie in den Subaru geklettert.

Als ich den breiten Priester zu Boden gleiten ließ, griff ich noch schnell die Pistolen und den Schlüssel und eilte zum Fenster.

Direkt unter mir stand mein Subaru mit Ulrike auf dem Beifahrersitz. Ich beugte mich vor und überreichte ihr die Pistolen, den Schlüssel legte ich auf die Fensterbank.

Ich war mir sicher, mich beeilen zu müssen.

Die Priester, die ich entwaffnet hatte, waren vielleicht nicht die einzigen und irgendwie musste der alte Pfaffe ja in den Beichtstuhl gekommen sein, also gab es einen Weg. Und ich musste bedenken, dass zumindest einer der Herren versuchen würde nach draußen zu rennen. Andererseits mochte man sich aber auch ziemlich sicher fühlen, dass wir nicht weit kommen konnten, denn am Vortag hatte es massiv geregnet und jeder Versuch den Ort zu erlassen, ohne die normale Straße zu benutzen, war bereits daher zum Scheitern verurteilt.

Ich setzte mich auf die Fensterbank, darauf bedacht, meinen Sack nicht zu verletzten und stellte meine Füße auf die Dachreling des Subaru. Die Typen, die ich ausgesperrt hatte, schienen gerade zu versuchen, die alte Tür auf zu brechen, indem sie sich dagegen warfen.

Ich stieß mich leicht von der Fensterbank ab und saß Sekunden später hinter dem Lenkrad.

Schnell holte ich den Schlüssel aus der Brusttasche der Jeansjacke und startete den Motor.

Ohne noch irgendwelche Beobachtungen machen zu wollen, gab ich richtig Gas.

Mein Outback machte einen Satz nach vorn, als alle vier Räder den Kies zur Seite wirbelten.

„Und du hast gesehen...“

„Ja, ich weiß, um welche Bücher es sich handelt!“

„Dann werd' ich direkt in Rom anrufen und die Bücher nennen, dann werden sicher auch eventuelle Verfolger zurück gepfiffen!“

Sie holte ein Mobiltelefon aus einer Tasche ihres Arztkittels und gab eine PIN ein, um es benutzen zu können.

„Ich habe auch gesehen, dass ich in den letzten Wochen schon auf der Liege gelegen habe, in dem Raum, von dem ich eigentlich annahm, ihn erst gestern betreten zu haben. Auf der Liege, auf der Schwester Karin meinen Sack blank rasiert hat, hast du mir schon die Murmeln gequetscht...“

Wir erreichten die nasse Wiese, die dem Kloster gegenüber lag und eine erhebliche Steigung aufwies.

„Hab ich nicht, erst heute und es fiel mir wirklich schwer. Wir haben den Untersuchungsvorgang simuliert und ich hab mich vorsichtig an den Schmerzpunkt heran getastet. Wir haben das Ganze in Hypnose gemacht, um für heute die Erinnerungen zu blockieren. Du warst damit einverstanden.“

Ich nutzte den Anlauf und fuhr direkt geradeaus. Auch wenn man versuchen würde, uns mit einem Geländewagen zu folgen, fiel mir keiner ein, der am Fuß der Wiese schon über 80 km/h erreichen konnte.

Ulrike nutzte die Wahlwiederholung und hielt das Telefon ans Ohr. Während sie das tat, rückte sie einige Zentimeter näher und ergriff meinen Schwanz.

„Ja, Eminenz, es hat funktioniert!"

Der Gesprächsteilnehmer redete nun einen Satz.

„Ja, wir wurden bedroht und werden sicher verfolgt. Herr es Vedra kennt sich zum Glück mit Kampftechniken aus..."

„Gut, ich melde mich!"

Sie klappte das Telefon zusammen.

„Wirst du mir nun endlich einen runterholen?"

Sie lachte.

„Nein, keineswegs, ich will was völlig anderes!"

Wir fuhren durch einen Waldweg, den der Subaru souverän meisterte, weiter steil bergauf. Ulrike saß neben mir mit halb geschlossenen Augen und hielt nun mit beiden Händen ihre Möpse, um sie bei allzu starken Erschütterungen unter Kontrolle zu haben.

„Wir kommen gleich zu einer Abzweigung, wenn die uns folgen sollten, werden sie den rechten Weg nehmen. Wir nehmen den Linken!"

Da es immer noch bergauf ging, war es für mich eine Herausforderung, denn ich sah nicht immer den Untergrund.

„Ich gehe davon aus, dass eventuelle Verfolger nicht weit kommen, denn mein Gesprächspartner in Rom war schon auf Probleme eingestellt!"

„Hättest du mir das nicht vorher sagen sollen?"

„Bei deiner gesteigerten Vigilanz? Du hast uns da souverän raus gehauen! Ich bin mir allerdings nicht sicher, ob die Informationen nun zur richtigen Seite gelangen, oder zu den reaktionären Kräften in der Kirche. Vielleicht wären sie bei den Häschern eben besser aufgehoben. Aber was interessiert mich die Kirche?"

Wie um ihre Worte zu unterstreichen, donnerten unvermittelt vier Hubschrauber über uns hinweg, die eindeutig nur das Kloster als Ziel haben konnten.

Als die Strecke zunehmend unwegsamer wurde, kam die Abzweigung bei der ich die Linke wählte. Ich ließ die beiden Sonnendächer elektrisch zugleiten, denn die Zweige der Bäume hingen sehr tief.
Nach etwa fünfzig Metern kamen wir zu einer Lichtung.

Dort ließ ich den Subaru rückwärts so weit zwischen zwei Bäume mit tief herunter hängenden Zweigen fahren, dass er selbst von der Lichtung aus nicht zu sehen gewesen wäre.
Bevor ich den Motor ausschaltete, ließ ich die Sonnendächer wieder in die geöffnete Position gleiten und die Fenster in die Türen.

„Komm, Leopold!"
Ulrike stieg aus und ging zum Wagenheck.
Ich folgte ihr, an der linken Wagenseite nach hinten gehend.
Sie hatte bereits die Heckklappe geöffnet und griff, als ich nah genug war, sofort mit beiden Händen nach meinen Genitalien.
„Ich habe über lange Jahre hinweg gedacht, Kerle würden nur abspritzen, wenn sie sich selbst einen wichsen. Sex, in den Pornos meines Vaters, endete damit, dass der Typ *es sich mit der Hand machte* und sich über die Frau ergoss. So war es auch später in den Pornos und so vermutete ich, wäre es auch im richtigen Leben. Darum war es für mich wohl einige Zeit eine faszinierende Angelegenheit, *Typen* einen runterzuholen; ich habe das wohl irgendwie mit wissenschaftlichem Interesse gemacht. Ich sage das, weil du bezüglich dieser Wichserei interessierter wirktest..."

„Was sollte gegen einen guten Handjob einzuwenden sein..."

„Du könntest dich also auf einen richtig gut gemachten Handjob einlassen?!"

Ich nickte.

„Gut, du wirst ihn gleich bekommen! Denn Sarah will mit dir bumsen und da ist so 'n Handjob vorher..."

Sie schob mich auf die *Ladefläche* des Subaru, die ich schon für meinen Besuch mit Übernachtung an den Externsteinen, vorbereitet hatte.

Ich lag in Rückenlage und Ulrike bewegte sich langsam auf allen Vieren über mich hinweg, so dass sich ihre linke Hand und ihr linkes Knie an meiner rechten Körperhälfte und ihre rechte Hand und ihr rechtes Knie an meiner Linken emporarbeiteten.

Als sie nah genug war, griff ich nach den Knöpfen ihres Ärztinnenkittels, um sie nach und nach zu öffnen, während sie immer weiter nach oben kroch.

Ihre Möpse, die noch in dem schwarzen BH steckten, kamen zum Vorschein und weiter unten der schwarze Strapsgürtel, als ich den letzten Knopf geöffnet hatte.

Langsam kam sie immer höher, mein stehender Schwanz wurde an seiner Unterseite durch ihre Vulva gestreift und ich dachte... Tatsächlich verharrte sie über meinem Schwanz, der zwischen meiner Bauchdecke Richtung Bauchnabel und ihrer haarigen Spalte verschwand. Sie bewegte sich einige Male vor und zurück, so dass ich schon annahm, sie werde so weiter machen, aber dann...

Sie bewegte sich weiter.

Ich griff nach ihrem Körper, der immer noch in dem, nun vorne offenen, Arztkittel steckte, fühlte ihre Möpse und schloss die Augen. Sie kam höher, immer höher.

Weil das Dach geöffnet war, konnte sie sich bequem in die *Face-Sitting-Position* bringen und mir so freien Zugang verschaffen. Sie roch und schmeckte so gut, während sie aus dem vorderen Dachfenster blicken konnte...

Diese Position ließ mir genug Spielraum Luft zu holen und ermöglichte mir trotzdem mit meiner Zunge ein gutes Stück in ihre Vagina ein zu dringen.

Ihre Oberschenkel hatte sie so platziert, dass sie mit ihrem Lustzentrum direkt über meinem Mund schwebte. Mit Vorsicht strich ich ihre seidigen Vulvahaare zur Seite und fuhr langsam mit meiner Zunge zwischen *Mons pubis und Vagina* auf und ab durch ihren warmen feuchten Schlitz. Zunächst umkreiste ich die Klitoris, um nach und nach nach ihr zu tasten. Ich wurde langsam immer schneller, um dann wieder nur noch breitflächig Druck auf die Klitoris aus zu üben.

Zeitweise bewegte sie ihr Becken kreisend oder vor und zurück und dann verharrte sie plötzlich, begann zu zucken und zu stöhnen. Ich bewegte meine Zunge schnell hin und her, als ich bemerkte, dass es in der Situation genau richtig war, sie in stärkere Entase zu versetzen.

Ihr Zucken und Stöhnen ebbte langsam ab und sie sank förmlich in sich zusammen.

Ich gewahrte eine ihrer Hände, die sich durch ihre Vulvahaare zu meiner Nase bewegte, um die Luftzufuhr sicher zu stellen.

„Hast du genug Luft?"

„Klar, danke!"

Langsam bewegte sie sich zurück und zog mich dabei hoch.

Wortlos zog sie mir die rote Jeansjacke aus und legte sie zur Seite.

Dann schob sie mich zurück in die Rückenlage.

„Wir haben seit Monaten immer wieder in dem Untersuchungsraum trainiert und versucht, die Erinnerungen im Unterbewusstsein zu lassen."

Sie griff nach meinem stehenden Schwanz und ich war mir sicher, dass der nun so schnell spritzen würde, wie sie es wirklich nicht erwartete.

„Ich hab dir noch nie einen gewichst, wenn wir unsere Sitzungen hatten, bei denen wir in den Untersuchungsraum gingen, hast du dir hinterher einen runtergeholt – das hat mir auch gefallen. Heb mal den Hintern hoch!"

Als ich den Hintern in der Weise hochhob, wie meine Cousine es, *Brücke machen*, nannte, brachte sie ihre Beine in eine Position, dass, als ich den Hintern wieder nach unten brachte, auf ihren ausgestreckten Schenkeln zu liegen kam.

Mein Schwanz wurde auf diese Weise weiter nach oben befördert und machte nun die höchste Stelle meines Körpers aus.

Ulrike griff nach der Reisetasche und brachte eine Flasche Martini zum Vorschein, die sie öffnete und neben sich stellte.

Sie strich langsam über meinen Schwanz, drückte meine pralle Eichel und spielte einfach damit.

„Wir müssen jetzt nichts mehr machen, was zu irgend einem Ziel führt, du kannst mit Sarah bumsen, was sie unbedingt will, du kannst mit ihr zur Sommersonnenwende zu den Externsteinen fahren und du kannst mit ihr oder mir nach Ibiza fliegen!"

Sie hielt kurz inne beim Kneten meiner Eichel und dachte wohl kurz nach.

Ich sagte nichts.

Dann schien sie zu einem Entschluss zu kommen und wichste wild und zielführend drauf los.

Nach den Stunden einer mehr oder weniger ausgeprägten Erektion, im Zusammenhang mit dieser Frau, die mich geil machte, erreichte ich innerhalb von etwa fünfzehn Sekunden das Plateau, nach dem es kein Halten mehr gab.

Als mein Schwanz begann sich zu entladen, stülpte Ulrike ihre Lippen über meine Eichel und fuhr mit mit der Zunge über die Oberseite. Ladung für Ladung nahm sie in ihrem Mund auf.

Als nichts mehr kam, richtete sie sich auf und nahm die Flasche Martini, um mein Ejakulat mit einem großen Schluck hinunter zu spülen.

„Gut, das merk ich mir! Kommt da immer so viel raus? Ich musste, ob ich wollte oder nicht, zwischendurch schlucken!"

Ich war keiner Bewegung mehr fähig und brauchte einige Minuten.

Frau Doktor Ulrike Northeim sagte, sie wolle kurz pinkeln gehen und bemühte sich aus dem Subaru, um wenige Meter in den Wald zu gehen. Ich hatte irgendwie aus den Augenwinkel bemerkt, dass sie etwas mitnahm, vielleicht diese obskure Reisetasche.

Ich hatte getan, was ich konnte und sie hatte mir die langersehnte Erlösung verschafft. Ich trank nun auch einen Schluck des Martini aus der Flasche. Was für eine Frau?

Hatte sie nicht gesagt, sie wolle mir einen Wichsen, um Sarah ein besseres Bumserlebnis zu verschaffen?

Manchmal hatte ich an diesem Tag das Gefühl gehabt, diese Frau, mochte sie nun Sarah oder Ulrike heißen, wäre sich über ihre Doppelrolle gar nicht im Klaren, aber auch ich hatte bis vor einer guten Stunde gedacht, in dem Raum, in dem Schwester Karin mich rasiert hatte, erst am Vortag erstmals gewesen zu sein.

Ein Rascheln und sie stand vor mir.

Keine Brille, die Haare nicht gebändigt und nur mit meiner roten Jacke bekleidet.

„Sarah!"

„Leopold! Wir müssen, denke ich nun in Rom anrufen, um die Bücher durchzugeben, die seinerzeit Schwester Hildegardis mit Zetteln versehen hat."

„Wie war das? Wenn die in Rom wissen, welche Bücher sie herauszog und mit Zetteln versehen, wieder an ihren Platz zurück steckte, kann man eine Botschaft entschlüsseln? Kannst du mir das erklären, oder muss ich Ulrike bemühen?"

Sie stand vor mir, ganz Sarah, in meiner roten Jeansjacke, die ihr bis zu Nabel reichte und die sie vorne zu geknöpft hatte, mit den Turnschuhen, die Ulrike vor unserem Besuch im Kloster gegen ihre High-Heels eingetauscht hatte, und sah mich an.

Ich musste zurück blicken und schaffte es tatsächlich, mit meinem Blick zwischen ihren Augen zu verweilen, ohne dass mein Blick auch nur ein einziges Mal unter ihren Nabel glitt. Auf diese Leistung war ich ehrlich stolz.

„Schwester Hildegardis hatte ein System, Zettel in Büchern zu verteilen. Wenn man alle Zettel aus den Büchern der Bibliothek nimmt und die Texte der Zettel mittels eines Computers in eine sinnvolle Reihenfolgen bringen wollte, könnte man genau so gut die Texte der Centurien des Nostradamus, in die richtige Reihenfolge bringen und so handhaben. Wenn nun die Bücher bekannt sind, in die sie an diesem Tag Zettel steckte, kommt man der Sache schon erheblich näher."

Sarah griff nach dem oberen Knopf der Jacke und öffnete ihn.

„Es fängt schon damit an, dass die Zahl der Bücher, in die sie Zettel steckte nicht bekannt ist. Es sind nämlich in jedem Buch an dieser Wand reichlich davon, alle von ihr beschrieben!"

Es gelang mir, als sie ihren Monolog beendet hatte, immer noch mit meinem Blick auf ihrer Nasenwurzel zu verharren. Doch sie schaffte es, langsam mit dem Fokus ihres Blickes, an meinem liegenden Körper nach unten zu gleiten.

„Es waren sieben Bücher und vielleicht sollten wir die Reihenfolge einfach jetzt aufschreiben, um sie nach Rom durchzugeben, wenn wir sicher sein können, dann sicher zu sein!"

„Der rührt sich ja schon wieder!"

„Und ich versuche die ganze Zeit, meinen Blick auf deine schönen Augen zu fokussieren, obwohl du in genau dem Outfit vor mir stehst, das für mich der absolute Gipfel der visuellen Offenbarung ist!"

Sie grinste.

„Ich hab' sogar, dir zu Ehren, die Jacke vorne zugeknöpft!"

Sie trat einen Schritt näher.

„Und wenn man berücksichtigt, dass du nächstes Jahr fünfzig wirst, kann man sich nur wundern, dass dein Schwanz schon fast wieder bereit ist!"

Jetzt musste ich lachen.

„Wie hast du es gemacht, Leopold, dass du immer noch kannst, wie man es sich als Frau wünscht?"

„Kaum Alkohol, keine Raucherei, regelmäßiger ausreichender Schlaf und auch regelmäßige Übung! In jungen Jahren mindestens einmal täglich!"

„Und jetzt zwei mal pro Woche, mindestens. Wie ist das mit zwei mal am Tag? Ulrike hat ja wohl erwähnt..."

Mein Schwanz richtete sich noch weiter auf und man konnte den Puls zählen.

„Außerdem gibt es da noch ein bis zwei Sachen, die ich ausprobieren will – allerdings siegt nun wohl mein Egoismus, ich will dich reiten, bis ich nicht mehr kann..."

Sie stand direkt unter der Heckklappe meines Outback, während ich auf dem Rücken auf der dünnen Matratze auf der Ladefläche lag.

„Wir schreiben nun die Bücher in ihrer richtigen Reihenfolge auf und senden dann eine SMS zur Sicherheit an unsere Rechtsanwältin Karin, die dir gestern so geil den Sack rasiert hat!"

Ich richtete mich auf.

„Was?"

„Ja, Karin ist Rechtsanwältin und manchmal steht sie drauf verrückte Sachen zu machen, Gestern war das für sie ein Rollenspiel... sie fand es geil, immerhin hat sie auch eine Krankenschwesternausbildung und wenn wir nicht unser Unternehmen heute gehabt hätten, wäre sie vielleicht mit gekommen, um uns bei unseren geilen Spielen zu zu sehen..."

„Ihr scheint ja alle experimentierfreudig zu sein..."

„Klar, Leopold! Mit dir kann man aber auch alles machen, was man schon immer mal probieren wollte, andere Typen scheiden da ja wohl aus, weil sie sofort über einen her fallen würden und sich nicht auf Experimente einlassen würden!"

„Und was ist, wenn es mehrere Zettel in einem der Bücher geben sollte? Es kann ja sein, dass da vorher schon Zettel von der Nonne rein gepackt worden waren?!"

„Das ist kein Problem. Man hat inzwischen ermittelt, wie viele Zettel in jedem Buch sind und die Texte gesichert. Nach unseren Informationen müssen die Experten nur noch die möglichen bekannten Texte berücksichtigen, in die richtige Reihenfolge bringen und das war 's."

„Dann sollten wir..."

Ich kam nicht mehr so weit, ihr vor zu schlagen, die SMS schnell zu verfassen, denn sie bewegte sich nun langsam über meinen Unterkörper nach oben und schob dabei mein gelbes T-Shirt hoch. Dann knöpfte sie meine Jeansjacke auf und ließ ihre Möpse über meinen Brustkorb gleiten.

Ihr Körper lag so angenehm auf meinem und der Hautkontakt war nicht mehr zu toppen. Meine Jeansjacke hatte sie geöffnet und mein T-Shirt nach oben geschoben. Mein Schwanz war zwischen ihrem und meinem Unterbauch eingeklemmt. Nach gefühlten Minuten stützte sie sich ab und hob ihren Oberkörper so weit an, dass sie wieder mit ihren Möpsen über meinen Brustkorb gleiten konnte.

„Merk dir die Bücher und die Reihenfolge!"

Mit geschlossenen Augen rieb sie ihre Möpse an mir. Ich war mir sicher, ihre Nippel deutlich spüren zu können.

Als sie sich weiter aufrichtete, griff ich ihre schönen prallen Möpse und hielt sie.

„Soll ich die Jacke wieder zu knöpfen? Oder soll ich so bleiben?"

„Nein, bleib einfach so! Das Bewusstsein, dass du nur die Jacke an hast, macht schon genug mit mir!"

Langsam bewegte sie sich und ich bemerkte, dass ihre Aufmerksamkeit weiter nach unten gewandert war.

Mit einer Hand drapierte sie meinen Schwanz so, dass sie mit ihrer Symphyse an meiner Peniswurzel einen starken Druck ausübte, was zu einem Blutstau führte. Ich beschloss, mir genau so mal einen runterzuholen oder einen wichsen zu lassen. Sie saß auf mir, als würde mein Schwanz tief in ihr stecken, dabei ragte er unterhalb ihres Haardreiecks, in die Höhe.

Vorsichtig, eine Hand als Führung nutzend, ließ sie meinen Penis zwischen ihre großen Labien gleiten und bewegte sich vorsichtig um wenige Zentimeter vor und zurück.

„So kannst du es mir machen!"

„Ja, du hast gerade an einige Schweinereien gedacht, ich habe es dir angesehen. Die Schweinereien können wir auch machen, aber nicht hier und heute. Wenn Ulrike dir eben keinen gewichst hätte, könntest du recht haben, so aber kann ich es so lange machen, wie ich es brauche!"

Sie hatte sicher recht. So geil es war, sie konnte es noch einige Zeit genau so machen und es war gut für sie und für mich.

Sie hatte die hatte die Augen wieder geschlossen und bewegte sich vorsichtig vor und zurück. Mein unterer Schwellkörper wurde auf diese Weise stark massiert. Immer wieder griff Sarah nach meinem Schwanz um sich von seiner richtigen Position zu überzeugen.

„Ich darf ihn nicht zu nah an der Eichel stimulieren, sonst verliere ich die Kontrolle und es kommt dir zu früh!"

Mit einem Daumen berührte sie genau die Stelle, die sie mir beschrieben hatte.

„Genau hier, kann ich dir genau so einen wichsen!"

Sie bewegte ihren Daumen hin und her und ich wusste, dass sie das keine halbe Minute machen konnte, noch nicht einmal nach meinem Abgang vor einer halben Stunde.

„Du kannst das ruhig machen!"

„Nein, ich wollte dich gleich noch richtig reiten und dann kannst du losdonnern, wann immer du willst und kannst. Aber vorher wollte ich mir noch einen kleinen Abgang verschaffen!"

Nachdem sie das gesagt hatte, ergriff sie meine Eichel und hielt sie unerbittlich fest, während sie meinen unteren Schwell-körper, der seinem Namen alle Ehre machte, ausgiebig ritt. Durch ihren Griff verhinderte sie, dass unterhalb meiner Eichel der Reizpunkt stimuliert werden konnte. Sie rutschte genau so vor und zurück, dass sie damit sich selbst in äußerste Extase versetzte und…

Nach Minuten zuckte sie einige Male, wie zuvor *ihre Schwester* bei der face-sitting Aktion und stellte ihre Bewegungen ein.

Etwa eine halbe Minute machte sie nichts, während ich weiter ihre Nippel gearbeitete, dann hob sie ihren Körper an, griff meinen Penis und führte ihn sich direkt ein.

Extrem langsam senkte sie sich ab, mit einer Hand an meinem Penisschaft, bis sie ihre Hand zurück ziehen musste, weil es zwischen unseren Becken keinen Platz mehr gab.

„Ist das der Hammer, Leopold, du füllst mich ganz aus. Ich fühle deinen Schwanz richtig tief in meinem Bauch!"

Ich spannte gewusst meine Muskulatur an, die dazu geeignet war, während des Pinkelns zu versuchen, den Strahl zu stoppen, was ohnehin nie gelang.

„O, wie machst du das?"

Ich machte es direkt noch mal.

„Ist das irre!"

„Heb dich mal einige Zentimeter an, ich versuch mal was!"

Sie hob sich so weit, dass meine Schwanzspitze in ihrer Vagina blieb.

„Leider muss ich für den versuch deine Möpse los lassen."

„Wenn es nicht gut ist, kannst du sie ja wieder in die Hände nehmen. Außerdem kann ich dir einen Nippel in den Mund stecken."

Ich hob mein Becken und schob mir meine Hände unter den Hintern, um meinen Penis so höher zu bekommen.

„Komm wieder runter!"

Ich merkte direkt, dass ich ein noch tieferes Eindringen spürte.

„O, ist das gut, Leopold!"

Sie beugte sich vor und dann wieder zurück. Mein Schwanz steckte tief in ihr und ich merkte jede Veränderung. Immer wieder spannte ich die Muskeln an, um die Erektion noch eine Nuance zu steigern.

Sarah hatte die Augen geschlossen und gab regelmäßig ein zufriedenes Grunzen von sich.

Ich versuchte mein Becken noch höher zu drücken, in der Hoffnung die Penetration noch weiter zu steigern.

Sarah bewegte sich langsam in alle Richtungen und legte nach einigen Minuten ihren Oberkörper auf mich. Sie zuckte wieder und stöhnte einige Male, dann blieb sie so auf mir liegen.

„Jetzt bist du dran, muss ich meine Position ändern?"

Ich zog meine Hände unter meinem Hintern heraus und griff nach Ihrem.

„Es ist nicht einfach, nach so einer langen Zeit, in der man sich darauf konzentriert hat, es nicht zu zu lassen, aber ich versuch 's mal!"

Langsam drückte ich ihren Hintern hoch, um den Punkt zu ermitteln, bis zu dem ich meinen Schwanz heraus gleiten lassen konnte.

Dann begann ich mein Becken immer schneller und heftiger auf und ab zu bewegen, darauf achtend, dass es Sarah keine Probleme machte und das mein Schwanz nicht heraus flutschte.

Es dauerte eine beträchtliche Zeit, bis sich das Plateau aufbaute und ich tat alles, um den Punkt zu überschreiten, nach dem es kein Zurück mehr gab. Danach wurde ich langsamer, denn es gab keinen Weg mehr ES zu verhindern.

Jeden Pumpstoß bewusst so tief wie möglich in ihr zu vollführen brachte Sarah wieder dazu es mit einem lang anhaltenden Stöhnen zu quittieren.

Als es zu Ende war, blieb ich schwer atmend liegen, Sarah auf mir, meinen Schwanz tief in ihrem Innern.

„Flutscht der nicht raus?"

„Nein, so wie wir liegen bleibt er da wo er ist, wenn du willst stundenlang. Ich werde mich sicher vorerst nicht mehr bewegen..."

„Ich auch nicht, wenn du mich weiter so aushältst!"

So it was

Bloomsday:

Im englischsprachigen Raum dieses Planeten wird ULYSSES von James Joyce als bedeutendstes Werk des Zwanzigsten Jahrhunderts betrachtet.

Ob das aber wirklich zutrifft können wohl nur Wenige beurteilen, denn es zu lesen ist eine Herausforderung, der sich bisher nicht viele erfolgreich stellten.

In der Handlung des Buches ULYSSES geht es auf 1015 Seiten um einen Tag im Leben des Protagonisten *Leopold Bloom*, den 16.06.1904.

Nicht nur in Dublin ist seit Jahrzehnten der 16.06. eines jeden Jahres für eine überschaubare Fangemeinde Feiertag.

Der 16. Juni 1904 ist für den irischen Annoncenmakler Leopold Bloom ein ganz normaler Tag, an dem er seinen alltäglichen Verrichtungen und Geschäften in der irischen Hauptstadt Dublin nachgeht. Soweit eigentlich nichts besonderes, wenn dies nicht zugleich die Grundlage eines der bekanntesten Bücher des 20. Jahrhunderts darstellen würde. Worum es dabei geht und warum dieser Anlass als internationaler Bloomsday einen festen Platz im Kalender der kuriosen Feiertage aus aller Welt verdient, versucht der vorliegende Beitrag zu erörtern.

Der weltweit einzige Feiertag für eine Romanfigur

Denn Bloom ist der Protagonist in *Ulysses*, des im Jahre 1922 publizierten Hauptwerks des irischen Schriftstellers James Joyce (1882-1942), der hier in 18 Episoden minutiös die Ereignisse und Begegnungen eines labyrinthischen Gangs durch Dublin beschreibt. Fans des Romans haben daher in Anlehnung an den Namen der Hauptfigur den heutigen 16. Juni zum Bloomsday erklärt.

Worum geht es beim Bloomsday?

Obwohl der Bloomsday nach wie vor kein gesetzlicher Feiertag auf der Grünen Insel ist, wird er inzwischen in vielen irischen Kalendern aufgeführt. Insofern lässt sich mit Fug und Recht festhalten, dass dies weltweit tatsächlich der einzige kuriose Feiertag ist, der einer Romanfigur gewidmet ist.

Nun wissen wir zwar, dass die irische Nation ihre zahlreichen Schriftsteller und Autoren ehrt und achtet, aber ein wesentlicher Grund für die Popularität dieses Anlasses liegt in seiner touristischen Bedeutung für die Stadt Dublin, dem Schauplatz des Geschehens in *Ulysses*:

Eine kurze Historie des Bloomsday

Streng genommen geht die die erste öffentliche Bloomsday-Feier auf James Joyce selbst und den 16. Juni 1929 zurück. Joyce hatte in der Nähe von Paris ein Hotel namens Leopold entdeckt und neben seiner Familie auch seine Verlegerin Sylvia Beach sowie einige befreundete Schriftsteller zu einem *déjeuner Ulysses* geladen.

Offiziell wurde dieser kuriose Feiertag allerdings erst im Jahre 1954, in dem sich eine kleine Schriftsteller-Gruppe um Patrick Kavanagh, der Dichter John Ryan und Flann O'Brien zu einem Ausflug zum Martello-Turm nach Sandymount aufmachte, dem Ort, wo das erste Kapitel des *Ulysses* beginnt. Darf man diversen Berichten glauben, muss dieser Ausflug in einem ziemlichen Besäufnis geendet sein.

Wie man den irischen Bloomsday angemessen feiert

Die Sache mit dem Alkohol spielt aber auch heute noch beim Bloomsday eine zentrale Rolle.

 Schon in den frühen Morgenstunden des 16. Juni versammeln sich zahlreiche Blooms-Fans an den diversen Orten des Romans oder starten direkt in einem der zahlreichen Pubs in Dublin. Die klassische Variante zur Feier des Bloomsday sollte allerdings die folgenden Stationen enthalten:

- Start in den Dubliner Eccles Street Nr. 7, Blooms Wohnhaus im Norden der Stadt (Anmerkung: Das Haus wurde inzwischen zwar abgerissen, die orginale Haustür findet sich allerdings im nur einige Häuser weiter gelegenen James-Joyce-Centre).

- Ulysses-Lektüre am Joyce Tower (Sandycove).

- Nehmen Sie ein Bad am Forty Foot (auch Sandycove).

- Nach all der Aktion wird es Zeit für einen kleinen Snack. Passend zum Roman wird ein Gorgonzolabrot zusammen mit einem Glas Burgunder bei Davy Byrne's in der Duke Street 21 (Nähe Grafton Street) zu sich genommen. Stilecht wird dieses Menü natürlich nur am jeweils aktuellen Bloomsday auf der Karte angeboten.

- Frisch gestärkt geht es weiter auf der litarischen Tour durch Dublin. Nächster Halt: Sweny's in Lincoln Place, wo ein Stück Zitronenseife für die Hosentasche gekauft wird. Bei dieser Gelegenheit sollte man dann auch gleich die Petition zum Erhalt des Gebäudes unterzeichnen.

- Wieder Zeit zum Essen: Zum verspäteten Frühstück gibt es eine in Butter gebratene Schweineniere. Gemäß der Romanvorlage muss diese allerdings leicht angebrannt sein.

- Vorletzte Station: Am Strand von Sandymount soll man sich unanständigen Dingen hingeben.

- Endpunkt: Custom House an der Liffey.

Viele Fans zelebrieren diesen Tag, indem sie Kostüme aus König Edwards Zeiten tragen, die zumeist in dunklen Farben gehalten sind. Weiterhin tragen viele Männer zu diesem Anlass einen Qualitätshu – kein Rechtschreibfehler, sondern Leopold Bloom trägt im Roman tatsächlich einen Hu, weil das fehlende T der Aufschrift im Lederband der Schreibmaschine schon abgerieben ist.

Nun weg von Ulysses – kommen wir zum vorligenden Buch

Erotik, was ist das?

Die Frage, was ist Erotik, ist wesentlich berechtigter, als man gemeinhin glauben mag.

- Was ist Erotik?
- Was ist Sex?
- Was ist Pornographie?
- Wodurch unterscheidet sich Sex von Erotik?
- Wo hören Sex und Erotik auf und wo fängt Pornographie an?

Alles eine Frage der Definition?!

Aber wessen Definition?

Wenn wir es uns einfach machen, ist Sex die Übersetzung von Erotik – also ist letztlich beides identisch.

Wenn man das sagt, erntet man allerdings schnell einen Aufschrei.

Erotik ist etwas diffuses, etwas diffiziles und Sex ist dann mehr etwas brachiales, vielleicht auch rustikales...

Wobei rustikal wäre ja eigentlich nur die schnelle Penetration – möglichst in der Missionarsstellung – die zu einem möglichst schnellen Abgang des penetrierenden Herrn führt.

Da der Autor von frühester Kindheit an dergestalt geprägt wurde, Frauen zu achten und zu würdigen, schied SEX in der geschilderten Form für ihn aus.

Nun.

Alle Autoren die irgendwann etwas über SEX geschrieben haben, machten wohl diese eine oder eine vergleichbare Erfahrung.

Freunde und Bekannte, die in seinen/ihren Schriftwerken schnupperten, lasen eines mit Sicherheit, die Texte, die etwas mit Sex, Erotik, Pornographie zu tun hatten.

Der Autor hatte, weil Freunde es unbedingt wollten, einen Aktenordner mit begonnenen Romanen zusammengestellt.

Das Ergebnis war verblüffend. Als nach einigen Monaten dieser besagte Ordner zurück an seinen Schreibtisch fand, dachte er, mit diesen Beiden über seine umfangreichen Schriften reden zu können.

Er fragte sie nach einigen Texten und musste sofort erkennen, dass sie noch nicht einmal bis zur zweiten Seite vorgestoßen waren.

„Diesen Ordner mussten wir ja vor unseren Kindern verstecken, reinste Pornographie!"

Der Autor war erschüttert, gab es da doch nur einen einzigen Text, bei dem die Begegnung zweier Menschen etwas genauer beschrieben worden war, genauer; Sex machte gerade mal zwei bis drei Prozent der Texte aus.

Ein halbes Jahr später fragten Frau und Mann unabhängig voneinander, wie diese Geschichte denn weiter gegangen wäre und ob er das Buch bald fertig stellen werde.

In diesen Momenten meldete sich natürlich der innere Schweinehund bei ihm:

„Nö, ich habe die Seiten geschreddert, so was kann man ja wohl keinem zum Lesen geben!"

Nun konnte er sich an deren Empörung ergötzen, denn bewusst vernichten würde er keinen einzigen Satz.

Da das menschliche Leben letztlich aus SEX resultiert, ist es verwunderlich, was für ein Tabu, oft durch religiös bedingtes Gedankengut, in die Köpfe der Menschen gepflanzt wurde.

Interessanter Weise ist es in den meisten Büchern so, dass Gewalt, Mord und Totschlag, Körperverletzung, Folter und Verstümmelung in allen erdenklichen Einzelheiten geschildert werden und Niemand regt sich auf.

Wenn aber Sex in ausführlicherer Weise gewürdigt wird, sieht das Ganze anders aus.

Robert Anton Wilson, der Coautor der *Illuminatus Trilogie* hatte einen ebenfalls dreibändige Romanreihe namens *Schroedingers Katze* veröffentlicht und aufgrund des Shitstorms den seine Nennung primärer und sekundärer Geschlechtsmerkmale beim Namen, hervor rief, im zweiten und dritten Band, auf die Namen der vordersten Kritiker zurück gegriffen.

Die Vagina hieß bei ihm *Feinstein* und war der damaligen Bürgermeisterin San Franciscos gewidmet, die Brüste hießen *Brownmillers* und der Penis *Rehnquist*.

Kommen wir nun doch zum vorliegenden Text.

Unser Protagonist hatte sich eigentlich auch irgendwie vorgenommen, den hundertersten Bloomsday am 16.06.2005 in irgendeiner Weise angemessen, also im Sinne von James Joyce zu begehen, ohne sich zuvor so richtig Gedanken darüber gemacht zu haben, wie.
Ein neuer Papst hatte in Rom den Thron der katholischen Christenheit bestiegen und irgendwie ist unserem Leopold gar nicht klar, dass es da ein Ereignis im Dezember 1965 gab, nach dem Ende des Zweiten Vatikanischen Konzils, ebenfalls ein wichtiges Ereignis für die Katholische Menschheit, bei dem er traumatisiert wurde.

Wir haben es hier mit einem seltenen Fall zu tun, dass der Protagonist sich gut an die einzelnen Stationen *seiner Sexualisation* erinnern kann und dass seine Psychotherapeutin vor keiner Maßnahme zurückschreckt, seine Erinnerungen aus den tiefsten Tiefen seines Unterbewusstseins ans Tageslicht zu befördern.

Unser Protagonist hat sich das Buch Ulysses 1981 bestellt und mittlerweile mindestens fünf Versuche gestartet, es zu lesen. Bei 1015 Seiten ist es auch kaum möglich, die Szenen zu finden, bei denen es um ausschweifenden Sex geht, auch wenn behauptet wird, dieser Sex habe 1904 am Strand statt gefunden. Wahrscheinlich wird er es dabei belassen und das Buch einfach in seinem Regal stehen lassen, zwischen der Bhagavad Gita und Stille Tage in Clichy, es sei denn, irgend jemand, der Ulysses las, würde ihm die Seiten mit den SEX nennen.

Leopold es Vedra

Ebenfalls vom Autor erhältlich

Überraschungsmagazin von Leopold es Vedra

Paperback   ISBN: 9783743109643
E-Book   ISBN: 9783744825245

Suchet, so werdet Ihr... von Udo Müller-Christian

Paperback   ISBN: 9783743117884
E-Book   ISBN: 9783743146891

Der Sohn des Mondpriesters von Udo Müller-Christian

Print   ISBN: 978-3-7386-5515-5
E-Book   ISBN: 978-3-7392-9856-6

Interstellare Scharade von Udo Müller-Christian

Print   ISBN: 978-3-7392-4818-9
E-Book   ISBN: 978-3-7412-5464-2

Dem Irrtum sei Dank von Udo Müller-Christian

E-Book   ISBN: 978-3-7412-3084-4
Print   ISBN: 978-3-7412-4301-1

Ebenfalls lieferbar:

Flucht ab 11 von Edeltraut Gellert

Paperback   ISBN: 9783749408061
E-Book   ISBN: 9783749411207